Verlangen der Wölfin

Buch 5
Die Bären des Blue Moon Saloons

Anna Lowe

Inhaltsverzeichnis

ii

Weitere Titel in dieser Serie

Die Bären des Blue Moon Saloons

Perfekte Gefährten (die Vorgeschichte)

Verlangen des Bären (Buch 1)

Verlangen des Wolfes (Buch 2)

Verlangen des Alphas (Buch 3)

Verlangen des Gefährten (Buch 4)

Verlangen der Wölfin (Buch 5)

Süßes Verlangen (ein Festtagsschmaus)

www.annalowe.de

Kapitel 1

Summer summte die Melodie im Radio mit, während sie das Schaufenster im Quarter Moon Café dekorierte. Kleine Schneemänner, Miniaturbäumchen und ein winziger Schlitten. Während sie noch etwas Kunstschnee aufsprühte, schaute sie zu dem echten Schnee hinaus, der über Nacht auf den höchsten Hügeln rund um die Stadt gefallen war. Sie war nun bereits seit ein paar Wochen in Arizona und dieser Ort überraschte sie immer wieder aufs Neue. Die Kontraste und die raue Schönheit von allen. Sie liebte die roten Felsen, die sattgrünen Kiefern und das reine Weiß des Schnees. Es war so anders als die Gegend der Great Lakes, in der sie aufgewachsen war. Und doch hatte sie sich noch nie in ihrem Leben so zu Hause gefühlt. Es war, als hätte ihr Herz eine Nische von genau der richtigen Form und Größe gefunden und als wollte es sich für immer niederlassen.

Was ein gefährlich verlockender Gedanke war, denn sie konnte nicht lange hierbleiben. Die Gestaltwandler, die das Café und den benachbarten Saloon betrieben, waren so freundlich gewesen, sie für eine Weile aufzunehmen. Aber sie wusste, dass sie nicht für immer dort einziehen konnte. Nicht nach allem, was sie getan hatte. Aber wohin sollte sie als Nächstes gehen? Zu ihrem Rudel nach Hause?

Ihre innere Wölfin schnaubte. *Dort gehe ich nie wieder hin.* Wohin dann?

Sie hatte keinen anderen Ort. Sie war lange Zeit mit einem Rudel unterwegs gewesen, zu dem sie nie wieder zurückkehren wollte. Und sie wollte auch nie wieder die Person sein, die sie früher einmal gewesen war. So naiv. So leichtgläubig. Sie war erst fünfundzwanzig, aber sie fühlte sich einhundert Jahre älter und ungefähr tausendmal weiser, als sie es noch vor ein paar Monaten war.

So viele Fehler. So viele hässliche Erinnerungen. So viel Reue.

Sie hob ihr Kinn und versuchte, sich vom Sonnenschein aufmuntern zu lassen. Sie hatte einen sicheren neuen Ort und eine tolle Gruppe von Leuten gefunden, mit denen sie leben konnte – zumindest für den Moment. Das war doch das Wichtigste, nicht wahr?

Sie trat aus dem Café hinaus, um sich das Schaufenster von der Straßenseite aus anzusehen, und ging dann wieder hinein, um das Rentier, das den Schlitten zog, zurechtzurücken.

„Perfekt", murmelte sie und wünschte sich, sie könnte ihr Leben genauso gestalten, wie sie das Schaufenster arrangiert hatte.

Nun, es war fast perfekt. Strohsterne waren der letzte Teil – Strohsterne wie die, mit denen ihre Großmutter den Weihnachtsbaum zu schmücken pflegte. Das war eine der wenigen Erinnerungen, die sie an ihr Zuhause hatte, die nicht durch die jüngsten Ereignisse getrübt worden war.

Sie setzte sich an einen Tisch am Fenster, um die Sterne zu basteln, während ihr der Duft von Frühstück in die Nase stieg. Jessica, ihre Chefin, war in der Küche beschäftigt und backte eine weitere Ladung Muffins. Der Duft von Beeren, Vanille und Zimt schwebte durch den Raum.

Die Glocke über der Tür läutete fröhlich und sie schaute auf, als eine Gruppe von Männern hereinkam. Wie immer macht ihr Herz einen erwartungsvollen Sprung. Würde Drew unter ihnen sein?

„Guten Morgen, Summer." Luke, einer der Pferdepfleger von der Seymour Ranch, zog seinen Cowboyhut.

„Hast du einen schönen Winter, Summer?" Das war Mack, der Scherzkeks in der Gruppe.

„Hallo Schätzchen. Hast du einen Kaffee für uns?", fragte Sam.

Sie begrüßte jeden von ihnen mit einem aufrichtigen Lächeln, denn sie waren alle nette Kerle. Aber als sich ein vierter Mann der Tür näherte, reichte ihr Lächeln von einem Ohr zum anderen. Ihre Wangen wurden heiß und ein Rauschen, wie das von Wellen, die sich über entfernte Felsen brachen, drang an ihr Ohr.

Drew. Drew. Drew! jubelte ihre innere Wölfin.

Die anderen drei Männer waren hereinspaziert, als wäre dies ihr zweites Zuhause, aber Drew blieb an der Tür stehen. Das tat er jedes Mal und trat sich die Stiefel mit einem geübten Rechts-links-rechts-links-Schleifen ab, das verriet, dass er zu Hause so erzogen worden war. Dann zog er seinen Hut und trat über die Schwelle.

So ein höflicher Bär, hätte ihre Großmutter geseufzt.

Er rieb seine starke, muskulöse Schulter am Türrahmen, um sein Revier zu markieren. Dies wäre für die Bären, denen dieser Ort gehörte, eine unverhohlene Herausforderung gewesen, wären sie nicht seine Cousins. Die Art und Weise, wie er es tat, schrie geradezu: *Dieser Ort gehört mir vielleicht nicht, aber ich werde ihn beschützen. Fremde sind hier nicht willkommen. Denkt nicht einmal daran, hier Unruhe zu stiften.*

„Guten Morgen, Summer", brummte er und sah ihr in die Augen. Seine waren von einem blassen, goldgesprenkelten Grün und sie funkelten vor Staunen, als er sie ansah.

„Guten Morgen, Drew." Sie versuchte, nicht zu quietschen.

Ein ganz normaler Austausch von Begrüßungsworten und doch löst er ein Dutzend wilder Fantasien aus. Wie ihn diese Worte sagen zu hören, während sie noch immer nackt und schläfrig im Bett lag. Wie sie ihm antwortete und ihr Bein um seines schlang, während sie Haut an Haut aneinandergeschmiegt dalagen.

Guten Morgen, Summer, würde er sagen, wenn sie aufwachte. So als wäre es der beste Morgen überhaupt, weil sie an seiner Seite war.

Oder vielleicht würde er sie auch einfach nur mit einem kleinen Kuss und einer Berührung wecken – eine Berührung, die zu mehr Berührungen und Küssen und einem langen, gemächlichen Liebesspiel führen würde.

Guten Morgen, Summer, würde er sagen, wenn sie sich verschwitzt und zufrieden zurück aufs Bett fallen ließen. Sie würde ihren Kopf an seine Brust schmiegen – eine Brust, die so breit und so voller Muskeln war, dass sie jedes Mal eine andere der Dutzenden Stellen zum Ankuscheln probieren konnte – und sie würde mit ihrer Hand über seine starken, sehnigen Arme gleiten.

Summer räusperte sich und blinzelte. Es war lächerlich, wie ihr Körper auf ihn reagierte. Ihre Gedanken überschlugen sich und flatterten wie ein hysterischer Schmetterling herum, der auf eine blühende Wildwiese losgelassen wurde.

Reiß dich zusammen, Mädchen, befahl sie sich selbst.

Aber ihre innere Wölfin blieb ganz verträumt, klimperte mit den Wimpern und wedelte mit dem Schwanz.

Eine Schwärmerei. Es musste eine Schwärmerei sein, nicht wahr? Und mal ernsthaft, welche Frau würde sich denn nicht in Drew verknallen? Er war groß, breit gebaut und ruhig. Und ehrenhaft, so wie es die meisten Bärengestaltwandler waren. Sein kurz geschnittener Bart war dicht, dunkel und ordentlich gestutzt und sie sehnte sich danach, sich nach vorn zu beugen und ihr Kinn daran zu reiben.

Als er näher kam, wurden auch seine Augen ein wenig glasig, als dachte er genau das Gleiche. Die ganze Welt begann zu verschwimmen – das Rumpeln der Lkw-Reifen auf der Straße, das leise Klirren des Bestecks im Café, das Gemurmel der anderen Männer. Alles verschwand in einer entfernten Ecke ihres Verstandes – wie eine vage Erinnerung – und sie konnte nur noch Drew sehen. Sie hörte nichts als das scharfe zischende Einatmen, als er sie ansah. Und sie nahm nichts anderes wahr als seinen intensiv holzigen Duft. Sie konzentrierte sich auf seine Lippen – pralle, volle Lippen, die irgendwie perfekt in sein markantes, männliches Gesicht passten. Sie beugte sich noch weiter vor. Ihre Arme berührten sich und das Blut rauschte durch ihre Adern.

Gefährte, murmelte ihre Wölfin. *Mein Schicksalsgefährte.*

Gefährtin, hätte sie schwören können, ihn denken zu hören. *Meine Schicksalsgefährtin.*

Und dann: *Bumm!* Die Hintertür öffnete sich mit einem Schlag und Jessicas fröhliche Stimme riss sie aus ihrem Nebel heraus.

„Guten Morgen, allerseits!" Ihre Chefin kam mit einem Tablett voller Muffins herein, die so frisch aus dem Ofen gekommen waren, dass sie noch dampften.

Drew trat eilig einen Schritt zurück und sein Blick fiel auf den Boden. Summer schluckte und blinzelte. Sie versuchte, sich wieder zu konzentrieren. Sich auf etwas anderes als auf ihren Lieblingsbärengestaltwandler zu konzentrieren.

Jessica streckte Drew das Tablett mit den ofenfrischen Muffins entgegen. „Blaubeere oder Apfel?"

„Ähm... ähm..." Er schien genauso sprachlos zu sein, wie Summer sich fühlte.

Luke streckte die Hand aus und bediente sich. „Beide, danke. Kann ich auch einen Kaffee bekommen?"

„Mach zwei daraus", sagte Mack.

„Drei", fügte Sam hinzu.

Summer zwang ihre Füße endlich in Bewegung. „Kaffee, kommt sofort." Sie trat hinter den Tresen, um vier Tassen zu füllen, und atmete in der Hoffnung, der Duft würde sie wieder zur Besinnung bringen, tief ein.

„Was dagegen, wenn wir die mit nach nebenan nehmen?", fragte Sam, während Jessica weitere Muffins servierte.

Summer schaute sich um. Was war denn nebenan los? Und warum verfinsterte sich Jessicas Blick? Tatsächlich wurden sie alle zur gleichen Zeit ernst.

Dann fiel es ihr wieder ein. Soren, der Alpha dieses ungewöhnlichen Bären/Wolfsclans, hatte ein Treffen mit den Wölfen der Twin Moon Ranch einberufen. Ein Treffen, an das sie nicht hatte denken wollen, denn es ging um einen abscheulichen Feind, der mehrere Angriffe auf die fleißigen Gestaltwandler verübt hatte, die ihr so ans Herz gewachsen waren.

Schlimmer noch, bei diesem Feind handelte es sich um die Bande von Schurken, für die sie einst gearbeitet hatte. Die Abtrünnigen, denen sie unwissentlich bei so vielen abscheulichen Verbrechen geholfen hatte.

Summer erstarrte und erinnerte sich daran, wer sie eigentlich war. Selbst wenn Drew irgendetwas für sie empfand, würde er sie aus Ekel irgendwann zurückweisen. Wie sollte er jemals eine Wölfin akzeptieren, die sich an Verbrechen gegen seine

Familie beteiligt hatte? Es war schon eine große Leistung für Jessica und die anderen, ihr vor ein paar Wochen Unterschlupf zu gewähren. Natürlich war es wahrscheinlich in ihrem besten Interesse – auf diese Weise konnten sie sicherstellen, dass Summer keine Tricks im Ärmel hatte. Sie hatte sich in diesem Café und im Saloon den Arsch aufgerissen, um zu beweisen, dass sie alles ernst meinte, was sie über ihre widerwillige Zusammenarbeit mit den Blue Bloods gesagt hatte. Aber sie wusste, dass sie die Schuld niemals wirklich abschütteln konnte. Ihre Vergangenheit würde immer ein Teil von ihr bleiben. Ein schwarzer Fleck. Ein stählerner Käfig. Egal, wohin sie ging, und egal, wie sehr sie es versuchte, sie konnte vor ihrer Vergangenheit nicht davonlaufen.

Und sie konnte auch im Traum nicht daran denken, sich einen Bären als Gefährten zu nehmen. Die Blue Bloods waren besiegt worden, aber eine ganze Ideologie war schwerer auszurotten als nur ein paar böswillige Männer. Wenn es noch Gläubige gab, wären sie hinter ihr und Drew her, um ein Exempel an ihnen zu statuieren.

Ich will meinen Gefährten! heulte ihre Wölfin.

Er durfte, konnte nicht ihr Gefährte sein. Er sollte es nicht sein.

Drew stand immer noch in der Nähe und schaute sie an. Sein Gesicht wurde traurig und er bohrte seine rechte Ferse in die Bodenfliesen. Hatte er sich auch gerade daran erinnert, wer sie war?

„Klar, nehmt den Kaffee ruhig mit." Jessica deutete mit einem Nicken nach hinten. „Wir holen die Tassen später ab."

Luke, Mack und Sam schoben sich durch den schmalen Korridor und öffneten eine Sekunde später die quietschende Hintertür.

„Kommst du, Drew?", rief einer von ihnen. Er setzte sich in Bewegung, beobachtete sie mit düsteren, traurigen Augen und riss seinen Blick bis zur letzten Sekunde nicht von ihr los. Seine schweren Schritte hallten im Korridor wider.

Gefährte, heulte ihre Wölfin, als sie ihn gehen sah.

Summer schloss die Augen und sagte sich, dass sie nicht auch noch weinen sollte.

Kapitel 2

Drew zwang sich, den anderen durch den schummrigen Flur zu folgen, denn wenn er es nicht tat... Nun, wer wusste schon, zu welch einer verrückten Aktion ihn sein Bär verleiten würde.

Wie sich auf Summer zu stürzen und sie zu einem dieser Hollywood-Filmküsse nach hinten zu beugen, bei denen der Kerl einfach nicht genug von dem Mädchen bekommen konnte. Oder sie über seine Schulter zu werfen und mit ihr irgendwohin zu laufen, wo sie allein sein konnten.

Allein. Gute Idee, brummte sein Bär.

Ja, er und sie, allein. Zum Reden. Er wünschte sich verzweifelt einen Ort, an dem sie sich auf eine Tasse Kaffee treffen konnten – einen Kaffee, der von jemand anderem als von ihr serviert wurde –, um zu reden und zu reden und zu reden. Nicht nur auf dem Sprung. Um einfach nur dazusitzen und einander kennenzulernen. Um über *Guten Morgen* und *Gute Nacht* hinauszukommen.

Reden? brummte sein innerer Bär.

Die Bestie war ganz Ohr gewesen, als er sie über die Schulter werfen wollte, aber das war dann auch schon alles. Und genau das war das Problem. Diese Anziehungskraft, das Bedürfnis, das Verlangen nach ihr wurde von Tag zu Tag stärker. Und der Gedanke, was er tun könnte, jagte ihm eine Heidenangst ein.

Zum Beispiel an einen privaten Ort mit ihr gehen und uns ganz schnell ausziehen? schlug sein Bär vor.

Ein Bild von Summer – herrlich nackt und sich in Ekstase unter seinem Körper windend – tauchte in seinen Gedanken auf. Summer mit ihrem blonden Haar, das über ihre Schultern fiel. Mit ihrem schlanken Körper, der nach mehr verlangte. Mit den satten braunen Augen, die ihn anstarrten, und den Lippen, die leise ihre Lust kundtaten.

Er schluckte schwer.

Sie will es auch.

Ja, er hatte das Verlangen in ihren Augen gesehen. Aber dort war auch Angst zu lesen. Angst, Sehnsucht und Sorgen über Dinge, die ihm Schmerz bereiteten, wenn er sie nur zu erahnen versuchte. Er wollte all das verschwinden lassen, bis in ihren Augen nichts als pures Verlangen lag und vielleicht ein bisschen Staunen. Liebe. Freude. All die Dinge, die er zusätzlich zu seinem verzweifelten körperlichen Bedürfnis für sie empfand.

Er kannte sie erst seit ein paar Wochen–

Neunzehn Tage, acht Stunden, sechzehn Minuten, warf sein Bär ein.

–und doch fühlte es sich an, als hätte er sich seit Jahren nach ihr gesehnt. Nach ihr. Nur nach ihr. Genau nach ihr. Nicht nach irgendeinem der Mädchen zu Hause. Nicht nach Eileen, die klug und hübsch obendrein war. Nicht nach der hinreißenden Julie mit ihrem Hollywood-Lächeln. Nicht nach Bethany mit ihren Kurven, die alle Jungs in die Knie zwangen.

Nach keiner von ihnen. Nur nach Summer.

Brauche sie. Will sie. Muss sie zu der Meinen machen.

„Kommst du, oder was?" Sam drängte ihn weiter.

Er trat in das blendende Sonnenlicht des Hinterhofs hinaus und ging zur Hintertür des Blue Moon Saloons, dem Lokal neben dem Café, wo er wieder in die Dunkelheit eintauchte. Was in Anbetracht der Stimmung der Anwesenden dort durchaus passend war.

„Also gut. Lasst uns beginnen", knurrte Soren Voss.

Soren, sein entfernter Cousin und Alpha dieses Clans. Der Mann, der von seinen Schwarzbären-Verwandten an der Ostküste Verstärkung angefordert hatte. Soren und sein junger Gestaltwandlerclan hatten in den letzten Monaten zahlreiche Angriffe überlebt, die allesamt von den abtrünnigen Blue Bloods inszeniert worden waren – eine extremistische Gruppe, die so entschieden gegen die Vermischung von Gestaltwandlerspezies vorging, dass sie bereit war, jedes Pärchen zu töten, das es wagte, die Artengrenzen zu überschreiten.

Soren und die anderen hatten ihren Hass mit voller Wucht zu spüren bekommen, da sie ein gemischter Clan aus Bären, Wölfen und von ihren Gefährten verwandelten Menschen waren. Das machte sie zu einer direkten Zielscheibe für die militanten Schurken. Aber sie hatten sich immer wieder gewehrt und die Blue Bloods so vernichtend geschlagen, dass es zweifelhaft war, ob sie noch einmal zurückkehren würden.

Dennoch war zweifelhaft nicht gut genug, vor allem nicht für Soren. Und Drew konnte es ihm nicht verübeln. Soren musste sein Bärenbaby, seine Gefährtin und die erweiterte Großfamilie beschützen. Ganz zu schweigen von einem wachsenden Geschäft, um das er sich ebenfalls kümmern musste.

„Todd und Anna haben die letzten Mitglieder der Blue Bloods-Bande getötet", erklärte ein Wolf namens Kyle. Er war einer von mehreren anwesenden Wölfen der Twin Moon Ranch – einem der mächtigsten Gestaltwandlerrudel im Westen.

„Die Frage ist, ob diese Schurken für immer verschwunden bleiben."

Seine Worte hingen schwer im Raum.

Drew schwieg. Erstens, weil er an die strengeren Traditionen von zu Hause gewöhnt war, die nur der älteren Generation das Recht gaben, ihre Meinung zu äußern. Zweitens, weil er es nicht wirklich wusste. Er war eine Woche nach dem letzten Angriff in Arizona eingetroffen. Kurz nachdem Soren Verstärkung angefordert hatte.

Wir brauchen loyale, schnell denkende Bären, die bereit sind, Wache zu halten, um weitere Angriffe abzuwehren. So hieß es in Sorens Nachricht. *Große, fähige Kämpfer, die helfen, die Dinge hier im Auge zu behalten.*

Als die Nachricht vorgelesen worden war, hatten sich die Köpfe all seiner Clanmitglieder zu Drew umgedreht. Ein paar Stunden später war er auf dem Weg nach Westen gewesen.

Der dritte Grund, warum er sich nicht zu der Diskussion äußerte, war die Tatsache, dass Summer mit einem Tablett voller Gläser in den Raum gekommen war. Sie setzte seinen Geist und Körper schon wieder in Flammen. Sie bewegte sich mit stiller Anmut und verteilte die Getränke auf unaufdringliche Weise. Ihr Haar glänzte im schummrigen Licht des Raumes und viel in lockeren Korkenzieherwellen über ihre Schulter. Die Art, die er gern um seinen Finger wickeln und ihn darin herumwirbeln würde. Eigentlich wollte er am liebsten mit allen Fingern hineingreifen, während er sie mit dem Rücken gegen eine Wand drückte und sie besinnungslos küsste, bis sie begierig nach mehr wimmerte.

Er räusperte sich und setzte sich aufrechter hin. Verdammt. Der dämliche Bär brachte ihn auf dumme Gedanken.

Gute Gedanken. Sie würden ihr gefallen, beharrte sein Bär.

Summer ging an ihm vorbei. Er holte tief Luft und atmete ihren Heckenkirschenduft ein – ein Hauch von Himmel auf Erden.

Dann ging sie weiter und einen Moment später schwang die Hintertür hinter ihr zu. In dem Moment, als er spürte, dass sie gegangen war, sehnte seine Seele sich bereits danach, sie wiederzusehen.

Mann, was war nur mit ihm los?

Gefährtin, knurrte sein Bär. *Sie ist meine Gefährtin.*

Er schloss die Augen und versuchte, die Worte aus seinem Kopf zu verdrängen.

Vertraue mir, sie ist unsere Schicksalsgefährtin. Es ist vorherbestimmt.

Ja richtig. Dem Schicksal vertrauen. Jeder wusste doch, wie unbeständig diese mystische Kraft sein konnte.

„Verdammte Abtrünnige", murmelte Soren und schlug mit der Faust auf den Tisch.

Drew lenkte seine Aufmerksamkeit wieder in den Raum. Sorens Gefährtin Sarah legte eine Hand auf den Arm des Clanalphas, um ihn zu beruhigen. „Ich möchte glauben, dass die Bande ausgelöscht wurde. Ich möchte glauben, dass wir aufhören können, ständig über unsere Schulter schauen zu müssen. Dass wir mit unserem Leben weitermachen können. Ich möchte die Feiertage genießen."

Alle Gestaltwandler im Raum nickten zustimmend.

„Aber. . . " Sie streichelte das schlafende Baby in ihren Armen und verstummte.

„Aber sie könnten immer noch dort draußen sein", murmelte Soren mit einem mörderischen Gesichtsausdruck. „Wer weiß?

Es könnte einen weiteren Whyte geben. Einen neuen Anführer, der bereit ist, ihren beschissenen Kreuzzug fortzusetzen." Alle schwiegen und dachten über die Möglichkeit nach.

Tina Hawthorne-Rivera, eines der führenden Mitglieder des Twin Moon Rudels, ergriff als Nächste das Wort. „Das Problem sind nicht weitere Whytes, sondern die kranke Ideologie, die sie verbreitet haben. Und wie man diese ausrotten kann."

Sarah schüttelte traurig den Kopf. „Es wird immer Abtrünnige mit verrückten Ideologien geben. Wir müssen uns darauf konzentrieren, ob sie sich neu formieren oder ob sie aufgeben. Ob sie einen Anführer haben, der stark genug ist, um einen weiteren Angriff zu planen."

„Oder einen Anführer, der stark genug ist, ihnen einen besseren Weg im Leben zu zeigen", sagte Tina.

„Wir sollten ein Aufgebot zu ihrer Basis nach Utah schicken", schlug Luke vor. „Sie für immer auslöschen."

Drew drückte den Rücken durch. Summer hatte einige Zeit auf dieser Ranch in Utah verbracht. Hope Springs – so hieß der Ort, den die Blue Blood-Bande als ihren Stützpunkt übernommen hatte. Summer war gezwungen worden, mit den Blue Bloods zusammenzuarbeiten, bevor sie fliehen konnte. War das der Grund, warum ihre Augen so gequält wirkten? War das der Grund für die massiven Schuldgefühle, die sie zu belasten schienen?

Tina schüttelte den Kopf. „Wir wollen keinen eigenen Krieg anzetteln. Wenn wir das tun, sind wir auch nicht besser als sie."

Simon kratzte sich am Kinn. „Wir wissen ja nicht einmal, ob sie noch da sind oder ob sie schon woanders hingezogen sind."

Die Hintertür schwang auf und Summer kam wieder herein. Sie war mucksmäuschenstill. Drew wäre vor Wiedersehensfreude beinahe von seinem Stuhl aufgesprungen, aber niemand sonst schien sie zu beachten – weder Summer noch das laute Klopfen seines Herzens, dessen er sich sicher war. Wie konnte jemand eine Frau wie sie übersehen?

Es musste ihre stille Anmut sein, ihr leichtfüßiger Schritt. Sie bewegte sich wie eine Tänzerin und ihr Haar schwang in seidigen Wellen. Sie strich es mit der Geste zurück, in die er sich schon längst verliebt hatte, und musterte den Raum. Sie verteilte Muffins und sammelte leere Gläser ein, während sie gingen. Es schien, als hätte sie die Gabe, der Aufmerksamkeit zu entweichen und sich im Hintergrund zu halten. War es das, was sie hatte tun müssen, um ihre Zeit bei den Abtrünnigen zu überleben?

Er sah Soren an und hoffte, dass sein Cousin vorschlagen würde, nach Utah zu fahren und aus jedem Mann, jeder Frau und jedem Kind im letzten bekannten Stützpunkt der Blue Bloods Informationen herauszuschütteln. Er wäre mit Sicherheit der Erste, der sich freiwillig melden würde. Wenn die Blue Bloods wirklich besiegt waren, könnte Summer es vielleicht hinter sich lassen. Vielleicht könnte sie lachen und lieben und leben.

Mit mir lachen, fügte sein Bär hinzu. *Mich lieben. Mit mir leben.*

Alle seine Freunde würden vor Lachen umkippen, wenn sie seinen Bären jetzt hören könnten. Der Bär, der sich geschworen hatte, nicht bereit zu sein, sesshaft zu werden. Und das trotz der vielen Frauen, die ihm ihr Bestes geboten hatten. Er hatte sich nie für eine Gefährtin, ein Haus und Kinder bereit gefühlt. Aber in der Sekunde, in der er Summer getroffen hatte, war das brennende Bedürfnis nach einer Gefährtin in ihm erwacht, und er konnte den Schalter einfach nicht wieder umlegen.

Und nicht nur irgendeine Gefährtin. Es musste Summer sein.

Summer, Summer und Summer. Verstanden? knurrte sein Bär.

Ja, das hatte er schon kapiert. Aber was, wenn Summer noch nicht so weit war?

Sie kam zu seiner Seite des Raumes herum und stellte ihm einen Kaffee neben die Hand. Als sie sich zu ihm lehnte, fiel ihr Haar wie ein seidiger Vorhang nach vorn und er war versucht, es zurückzustreichen. Ihre Lippen zu schmecken. Den gequälten Ausdruck in ihren Augen zu vertreiben. So lange, bis sie ihn anstrahlte.

Als sie sich entfernte, sah er die dunklen Ringe unter ihren Augen. Sie sah ein wenig mitgenommen aus, was wahrscheinlich an den vielen Stunden lag, die sie im Saloon und im Café arbeitete. Und schlimmer noch, Sarah hatte gesagt, sie hätte gehört, wie sich Summer in manchen Nächten in den Schlaf geweint hatte.

Er wollte nach Summers Händen greifen und sie zur Besinnung schütteln. Dachte sie, sie müsse sich vor den anderen beweisen? Sie hatten sie doch schon längst akzeptiert. Sie musste sich nur noch selbst akzeptieren.

Ja, sie hatte für die Blue Bloods gearbeitet. Aber sie war dazu gezwungen worden. Sie hatte alles in ihrer Macht Stehende getan, um ihre Pläne zu durchkreuzen. Es war ihr sogar gelungen, die von den Abtrünnigen entführten Gestaltwandlerbabys zu retten. Warum konnte sie es nicht einfach hinter sich lassen?

„Was wir brauchen, ist ein Insider", sagte Kyle. „Jemanden, den wir schicken können, um herumzuschnüffeln und zu sehen, was die Blue Bloods vorhaben, wenn überhaupt."

Summer versteifte sich bei der Erwähnung des abtrünnigen Rudels und es kostete Drew alle Kraft, nicht zu versuchen, ihre Angst mit einer Umarmung ihres schlanken Körpers zu bekämpfen.

Sarah schüttelte den Kopf. „Aber wen? Das würden sie doch sofort durchschauen."

„Vielleicht können wir jemanden von einem anderen Clan schicken", sagte Soren.

„Ein Wolf wäre besser", sagte Tina. „Ein Wolf, so wie sie. Vielleicht kann ich jemanden aus dem Rudel meiner Schwester in Kalifornien überreden, uns zu helfen."

„Sind wir wirklich bereit, jemanden in eine solche Gefahr zu bringen?", fragte Sarah.

„Wenn es zum Wohl des Rudels ist", sagte Tina. „Zum Wohl aller Gestaltwandler."

„Ich mache es." Luke hob seine Hand.

Sam schüttelte den Kopf. „Ich kenne ihre Art, glaube mir. Ich werde gehen."

Mehrere andere meldeten sich freiwillig oder murmelten Vorschläge, bis sich eine klare, entschlossene Stimme erhob und alle anderen im Raum zum Schweigen brachte.

„Ich werde gehen", sagte Summer und sah entschlossener aus, als er sie je zuvor gesehen hatte.

Für den Bruchteil einer Sekunde konnte Drew das Summen des Kühlschranks hinter der Bar hören. So still war es. Aber einen Moment später brachen alle in ein Stimmengewirr aus, um die Idee zu unterstützen oder abzulehnen.

„Zu gefährlich. . . "

„Zu riskant. . . "

„Nun ja, sie ist eine von ihnen", bemerkte jemand anderes, was Summer zusammenzucken ließ.

Sie ist keine von ihnen, wollte er brüllen. *Sie ist eine von uns.*

Der schmerzverzerrte Blick in ihren Augen verriet ihm, wie sehr sie sich das Gleiche wünschte.

„Summer kennt sie", gab Tina zu. „Und sie kennen sie ebenfalls. Sie könnte es schaffen."

Sarah nickte. „Eine Täuschung. Summer kommt näher an die Abtrünnigen heran, als jeder von uns es jemals könnte."

Drew wollte schreien, *Nein, nein, nein!* Aber selbst er musste zugeben, dass sie perfekt geeignet war. Allein die Art, wie sie zuvor durch den Raum gegeistert war, bewies es. Trotz ihrer natürlichen Schönheit hatte sie eine Weise, unbemerkt durch den Raum zu gleiten. Zuzuhören, wenn sie scheinbar abwesend erschien.

Aber er hatte sie bemerkt, verdammt noch mal. Er bemerkte, wie sich ihre Augen leicht weiteten und einen Anflug von Angst zeigten. Er bemerkte, wie sie die Schultern durchdrückte, wenn sie sprach, und wie sie sich zwang, tapfer zu sein. Er bemerkte, wie ihre Lippen bebten.

Sie holte tief Luft und sprach so vehement, dass niemand widersprechen konnte. „Ich bin die Beste für die Aufgabe. Ich werde es tun."

Das schwöre ich, fügten ihre Augen hinzu und sie funkelte jeden im Raum an.

∞∞∞∞∞

Alles ging so schnell, dass Drew keine Zeit hatte, zu protestieren. Sobald die anderen mit der Idee einverstanden waren, Summer als Insiderin in Hope Springs einzusetzen, stürzten sich alle in die Vorbereitungen.

„Ich werde sie nach Utah fahren", sagte Luke.

„Sie kann die letzten paar Kilometer nach Hope Springs trampen", sagte Sam.

Trampen? hätte er fast geschrien.

„Damit niemand einen von uns mit ihr sieht", erklärte Sam und wieder zuckte Summer zusammen.

„Wir geben ihr zwei Wochen Zeit, um alle möglichen Informationen zu sammeln und uns dann irgendwie Bericht zu erstatten…" Soren tippte mit den Fingern auf die Tischplatte.

Irgendwie?

Summer stand starr wie eine Statue und hörte zu, wie sie über sie, jedoch nicht mit ihr sprachen.

Drew hätte am liebsten gebrüllt. Waren sie alle verrückt geworden? Es war zu gefährlich. Zu riskant. Zu überstürzt. Doch ehe er sich versah, hatte Tina Summer in aller Eile losgeschickt, um sich auf die Reise vorzubereiten, während sie sich eine Tarngeschichte ausdachte, als sie ging. Das Hinterzimmer des Saloons leerte sich schnell und er stand einfach nur da. Er ballte die Fäuste und war bereit, den Laden auseinanderzunehmen.

Er packte Sorens Arm, bevor der Bärenalpha aus dem Raum stürmen konnte.

„Das ist verrückt. Willst du sie wirklich gehen lassen?"

Soren fuhr sich mit der Hand durch die Haare. Verdammt. Er sah von der Idee genauso wenig überzeugt aus wie Drew.

„Ich weiß, es ist verrückt, aber es ergibt auch Sinn. Wir haben alle Schurken getötet, für die sie arbeiten musste. Die verbliebenen Gläubigen in Hope Springs wissen nicht, dass sie sich ihnen widersetzt hat. Sie ist perfekt."

Nun, natürlich war sie perfekt. Nur nicht so, wie Soren es meinte.

„Und was ist, wenn sie es herausfinden?", protestierte Drew. „Was, wenn ihre Tarnung aufliegt? Sie würden sie auf der Stelle umbringen."

Soren sah grimmig aus. „Hast du eine bessere Idee?"

Er nickte sofort.

„Ich werde gehen."

Soren schnaubte. „Na klar. Als ob diese verrückten Wölfe meinen Cousin in ihrer beschissenen Höhle willkommen heißen würden. Als würden sie dir vertrauen und all ihre Geheimnisse und Pläne ausplaudern. Gar kein Problem."

Er schüttelte den Kopf. „Ich könnte mir eine Geschichte ausdenken."

„Wie was zum Beispiel?"

„Dass ich im Namen meines Clans gekommen bin. Katahdin Clan zu Hause, meine ich. Ein Clan, der sich Sorgen darüber macht, was seine Cousins in Arizona so treiben."

Soren stieß ihn gegen die Wand und packte ihm beim Hemdkragen, als wolle er ihn erwürgen. „Bist du deswegen hier? Ich habe um Hilfe gebeten und der Clan schickt mir einen gottverdammten Spion?"

Drew schloss seine Hände um die Handgelenke seines Cousins und drängte ihn zurück. „Nein. Der Clan hat mich in gutem Glauben geschickt, genau wie du es wolltest. Aber ja, es gibt einige der Ältesten, die mich gebeten haben, darüber zu berichten, was du hier treibst."

„Und was genau gedenkst du zu berichten?" Sorens Hände zitterten vor Wut.

Drew starrte seinem Cousin direkt in die Augen. „Das du deine Familie stolz machst. Dass diese Ältesten mit ihrem altmodischen Blödsinn direkt zur Hölle fahren können. Du hast hier einen unglaublichen Clan aufgebaut. Alle ziehen an einem Strang. Jeder kümmert sich. Jeder kennt seinen Job und macht ihn gut. Das ist alles, was ein guter Clan sein sollte."

Soren lockerte seinen Griff ein wenig und richtete seinen Blick von Drew auf einen Punkt am Boden. „Verdammte Älteste. Ich schätze, sie sind daran gewöhnt, dass Clans aus Bären bestehen – und ausschließlich aus Bären."

Drew zuckte mit den Schultern. „Zeit für sie, sich mit einer neuen Idee anzufreunden."

„Ja." Soren atmete aus und ließ ihn mit einem verspäteten Streichen über sein zerknittertes Hemd wieder los. „Tut mir leid."

Drew runzelte die Stirn. Als wäre ihm das Hemd wichtig. Das Einzige, was ihm wichtig war, war Summer. „Ich will damit nur sagen, dass sie mir die Geschichte vielleicht abkaufen und mich reinlassen würden."

„Summer ist trotzdem besser. Es ergibt mehr Sinn."

„Dann lass mich mit ihr gehen. Lass mich sie beschützen."

Soren schüttelte sofort den Kopf. „Auf gar keinen Fall. Das würden sie sofort durchschauen."

„Was durchschauen?"

Soren spottete. „Das ist doch offensichtlich, Mann."

„Was ist offensichtlich?"

„Ich sehe doch, wie du sie ansiehst. Sie ist deine Schicksalsgefährtin. Du bist verrückt nach ihr."

Drew zog sich zurück und starrte ihn an. Es war eine Sache, im Stillen zu überlegen, ob Summer die Eine sein könnte. Aber dass sein Cousin dies zu ihm sagte...

Er versuchte immer noch, den Gedanken abzutun. „Ich habe sie gerade erst kennengelernt."

Soren zuckte mit den Schultern. „Wenn es deine Gefährtin ist, weißt du es einfach. Dein Bär weiß es."

Habe ich dir doch gesagt, brummte der Bär in seinem Inneren.

Verdammt. Konnte sie wirklich seine Gefährtin sein?

Soren beugte sich vor. „Du kannst auf gar keinen Fall mit ihr gehen. Sie würden dich in einer Sekunde durchschauen. Sie ist ohne dich besser dran. Glaube mir."

Ohne mich besser dran? brüllte sein Bär.

Aber scheiße, Soren hatte nicht ganz unrecht. Die Blue Bloods waren vehement dagegen, dass sich Wölfe mit anderen Arten vermischten. Er war ein Bär. Wenn Soren gesehen hatte, wie sehr er sich um Summer sorgte, würden die Schurken es auch erkennen können. Und dann würde der ganze Plan auffliegen.

„Es tut mir leid, Mann", sagte Soren. „Du kannst nicht mitgehen. Auf gar keinen Fall."

Die Worte sollten ihn trösten, aber sie waren auch ein Befehl. Soren bekräftigte die Botschaft mit einem strengen Blick, bevor er sich umdrehte und den Raum verließ.

Drew stand einfach nur da, zitterte innerlich und fragte sich, was zum Teufel er tun konnte.

Auf dem Parkplatz heulte ein Lastwagen auf und jemand rief: „Summer, bist du bereit loszufahren?"

Drew eilte hinaus und starrte Luke an. „Ihr fahrt jetzt schon los?"

„Keine Zeit zu verlieren, Mann. Diese Schurken könnten jetzt schon ihren nächsten Angriff planen."

Großer Gott. Er war an diesem Morgen aufgewacht und hatte von Summer geträumt, weil er dachte, es würde ein großartiger Tag werden, sie im und um das Café herum zu sehen. Aber dieser Tag hatte sich in einen Albtraum verwandelt.

„Aber sie ist noch nicht so weit."

Ich bin noch nicht so weit. Ich bin nicht bereit, sie gehenzulassen. Er verkniff sich den Gedanken, bevor er ihm laut herausrutschen konnte. So eine Scheiße. Er würde nie bereit sein, sie gehenzulassen.

„Es sind mindestens sechs Stunden Fahrt", sagte Luke. „Sie hat unterwegs Zeit, sich fertigzumachen."

„Aber... Aber... "

„Hör zu, Mann. Ich weiß, dass das schwer für dich ist." Luke sprach mit leiser Stimme.

Scheiße. Luke wusste auch, dass Summer seine Gefährtin war? Wussten etwa alle Bescheid?

Dann kam ihm ein weiterer Gedanke. Wusste Summer es?

Wenn ja, dann hatte sie es gut versteckt. Natürlich hatte er gesehen, wie ihre Augen für ihn funkelten. Aber sie hatte nie versucht, mit ihm allein zu sein oder unter vier Augen mit ihm zu sprechen. Was, wenn sie nicht genauso empfand? Oder schlimmer noch, was, wenn sie etwas von dem Unsinn verinnerlicht hatte, den die Blue Bloods predigten? Er war ein Bär und sie eine Wölfin. Er hatte kein Problem damit, aber sie vielleicht schon.

Sein Bär schnaufte und weigerte sich, diesen Gedanken zu akzeptieren.

Ohne nachzudenken, stürmte er die Treppe zu der kleinen Wohnung über der Garage hinauf, in der Summer untergekommen war. Er selbst hatte in einem der Gästezimmer über dem Saloon geschlafen. Aber selbst die Tatsache, dass sein Fenster zur Straße hinaus und nicht zu Summers Seite lag, hatte ihn nicht davon abgehalten, jede Nacht von ihr zu träumen.

War sie seine Gefährtin? Er redete sich ein, dass es keine Rolle spielte. Er würde sie beschützen, selbst wenn sie die Gefährtin eines anderen wäre. Selbst wenn es ihn umbringen würde.

„Summer." Er hielt sich am Treppengeländer fest, um nicht in den Raum zu stürzen.

Sie saß zusammengesackt und zitternd auf der Couch und es machte ihn fertig, sie so zu sehen.

Schnell stand sie auf und versuchte, ihre Tränen zu verbergen.

„Ich komme. Ich habe nur gerade... "

Du hast gerade geweint, hätte er fast gesagt. Es spielte keine Rolle, dass sie sich schnell die Wangen abwischte. Er sah den Glanz auf ihrer Haut.

Sein Bär weinte ebenfalls und ehe er sich versah, war er zu ihr geeilt. Und wow – er umarmte sie auch und hielt sie zum ersten Mal fest.

Sie standen ganz nah beieinander, ohne ein Wort zu sagen, und ließen ihre Herzen nebeneinander schlagen. Verzweifelt. Ängstlich. Doch nach und nach wichen der Schmerz und die Wut zurück. Alles wurde warm und kuschelig und die Außenwelt rückte allmählich in weite Ferne. Er atmete ihren Duft ein und streichelte ihr Haar.

Schön, brummte sein Bär. Es war genauso seidig, wie er gedacht hatte. Seidig, weich und so schön anzusehen, wie der Anblick, wenn sie die Augen schloss und sich an ihn schmiegte.

Dann hupte Luke draußen und verdammt, die reale Welt kam mit voller Wucht zurückgerauscht.

Drew holte tief Luft. Auch wenn der Anlass völlig falsch war, fühlte es sich so richtig an, sie zu halten.

„Du musst nicht gehen“, flüsterte er und strich über ihr Haar. Er klemmte ihren Kopf unter sein Kinn und drückte sie an sich, denn das Schicksal lauerte in der Nähe, und war bereit, sie ihm zu entziehen.

„Doch, ich muss gehen“, schniefte sie, schloss jedoch ihre Arme um seine Taille und hielt ihn genauso fest, wie er sie hielt.

Gefährtin, knurrte sein Bär. *Meine Gefährtin.*

„Zwinge dich nicht, es zu tun, Summer. Tu es nicht. Alle werden es verstehen.“

Sie schüttelte den Kopf. „Ich muss gehen. Verstehst du das denn nicht? Ich muss es tun.“

Das Zittern ihrer Schultern verriet ihm, dass sie an ihre Vergangenheit dachte. Alle diese Geister, die in ihrem Inneren Krieg mit ihr führten und die er nicht bekämpfen konnte.

Vertraue, flüsterte eine tiefe, urtümliche Stimme in seinem Hinterkopf. *Du musst vertrauen.*

Worauf vertrauen? Summer einem grausamen Schicksal anvertrauen? Wenn diese Stimme ein Gesicht gehabt hätte, wäre er versucht gewesen, hineinzuschlagen. Jeder wusste, dass das Schicksal mit unschuldigen Seelen spielte und Gott wusste, dass das Schicksal es auf Summer abgesehen hatte. Sie hatte schon so viel durchgemacht.

Vertraue darauf, dass sie das allein schaffen muss, hallte die Stimme in den dunkelsten Ecken seines Verstandes wider.

Zur Hölle, nein. Warum musste Summer sich den Schurken allein stellen?

Es sind nicht nur die Schurken, denen sie sich stellen muss, murmelte die Stimme.

Er presste die Lippen zusammen, weil er nicht zustimmen wollte. Aber verdammt. Es war wahr. Er musste sich zwingen, sie gehenzulassen, nicht wahr?

Vertraue mir, sagte die Stimme und verblasste.

Er hasste diese Idee. Das Schicksal ließ so viele schreckliche Dinge passieren. Jeden Tag litt irgendwo irgendwer. Warum zum Teufel sollte er dem Schicksal vertrauen?

Ich will sie nicht gehen lassen, beklagte sein Bär.

Aber verdammt. Vielleicht musste er es tun.

Sie schaute mit ihren schokoladenbraunen Augen zu ihm auf, so dass ihm der Atem stockte. Sie sah ihm nicht in die Augen. Sie starrte auf seine Lippen.

Küsse sie, flüsterte sein Bär. *Küsse sie zum Abschied.*

Küss' mich, flehten ihre Augen.

Er neigte seinen Kopf nach unten und als sie den ihren nach oben beugte, waren sie plötzlich verbunden. Eine echte Verbindung, wie er sie noch nie gespürt hatte. Nicht nur durch ihre Lippen, die sich sanft und trauernd aufeinander bewegten. Sie waren in ihren Seelen verbunden. Er spürte es am Kribbeln seines Blutes und in der Wärme, die in seine Adern sickerte.

Gefährtin! sang sein Bär. *Meine Gefährtin.*

Er zog sie näher an sich und vertiefte den Kuss. Er genoss jede exquisite Empfindung, die in seinem Kopf explodierte. Die Art, wie ihre Zunge über seine Lippen glitt. Die perfekte Rundung ihrer Zähne. Die Art und Weise, wie sich ihr Körper an seinen schmiegte. Sie war so viel schlanker als er und doch war es so, als wäre sie wie geschaffen, um in seine Arme zu passen. Oder vielleicht war er geschaffen worden, um sie zu umschließen. Wie auch immer. Energie pulsierte zwischen ihnen und knisterte wie ein Feuer, das in einem Kamin entfacht wurde. Sie umfasste sein Gesicht, ohne den Kuss zu unterbrechen, und atmete ihn genauso verzweifelt ein, wie er sie.

Sie schmeckte so gut. Sie fühlte sich so warm an. Ihr Duft überwältigte ihn – der wahre Duft des Sommers, wenn alles lebendig, blühend und strahlend war.

Dann tönte die Hupe erneut und sie lösten sich voneinander. Er fluchte leise vor sich hin. Aber Summers Augenlider flatterten wieder zu und sie schmiegte sich erneut an ihn.

Ganz meine, knurrte sein Bär. *Meine Gefährtin.*

Die warnende Stimme tadelte ihn in seinem Hinterkopf.

Es wäre so einfach gewesen, sich in diesem Kuss zu verlieren. Und alles über den Abschied zu vergessen, während er seine Hände auf Entdeckungsreise schickte. Um sie zu berühren und sie sich gut fühlen zu lassen. Seine nackte Haut über ihre zu reiben, während sie ihre Beine um ihn schlang.

Es fiel ihm viel zu leicht, sich vorzustellen, sich mit ihr auszuziehen, denn er hatte schon ein Dutzend Mal davon geträumt. Sich ihrer Kleidung zu entledigen, zu entdecken, was ihr gefiel. Ihr zu zeigen, was er mochte und gemeinsam neue Freuden zu entdecken. Zu spüren, dass sie ihm vertraute...

Vertrauen. Da war es wieder. Eine Erinnerung an die Realität, mit der sie beide konfrontiert waren. Er durfte Summer nicht zurückhalten. Er musste sie gehenlassen, um ihretwegen.

Drew holte tief Luft und hielt sie noch eine Sekunde länger fest, während er Vertrauen und Kraft von seinem Körper in den ihren sandte. Und schließlich ließ er sie zögerlich los.

Sie schluckten beide im selben Moment und schauten sich wortlos in die Augen.

„Ich wollte nicht, dass unser erster Kuss ein Abschiedskuss wird", flüsterte sie und brachte ihn damit zum Lächeln.

Unser erster Kuss. Er war also nicht der Einzige, der darüber nachgedacht hatte. Das gefiel ihm. Ihm gefiel auch die Art, wie sie mit ihren Händen über seine Brust strich.

„Es wird nicht der Letzte sein. Ich verspreche es." Aber verdammt, seine Stimme war ganz heiser geworden.

Sie klemmte ihre Unterlippe zwischen die Zähne und starrte ihn an. Der ganze Kummer, den er zuvor empfunden hatte, kam wieder hoch. Er schlug ihn ihr zuliebe zurück.

„Ich verspreche es", sagte er und dieses Mal war seine Stimme hart und entschlossen.

Ich verspreche es, wiederholte der Bär in ihm.

Draußen ertönte die Hupe des Transporters. Drew zwang sich, sich den Schmerz nicht anmerken zu lassen, als Summer sich langsam von ihm entfernte und zur Treppe ging.

„Versprichst du es wirklich?", fragte sie und sah gleichzeitig so tapfer und doch so ängstlich aus.

Und verdammt, auch er hatte Angst. Wie noch nie zuvor in seinem Leben. Was, wenn er sein Versprechen nicht halten konnte? Was, wenn das Schicksal ihn nicht ließ?

Er schüttelte die Angst aus seinem Kopf – das würde ihr nicht helfen – und sandte ihr Wellen der Gewissheit. „Ich verspreche es. Ich schwöre es bei meinem Leben."

Kapitel 3

Eine Woche später...

Summer zitterte und eilte über den Hof, während sie auf den winterlichen Himmel von Utah schaute. Gott, sie vermisste Arizona und den Blue Moon Saloon. Sie vermisste ihr Zimmer in der Wohnung über der Garage.

Und Junge, wie sehr sie Drew vermisste.

Sie vermisste seine tiefe, brummende Stimme. Seinen großen Körper, der den Türrahmen fast völlig ausfüllte. Sie vermisste das Geräusch, wie er sich sorgfältig die Stiefel an der Fußmatte abwischte. Sie vermisste seinen intensiv holzigen Duft und seine Wärme.

Hier war es kalt und sie war allein. So furchtbar allein.

Sie war jetzt seit einer Woche in Hope Springs und immer noch nervös. Die ständigen Täuschungen, die Seitenblicke, die ihr zugeworfen wurden – sie ließen sie ebenso frösteln wie die eisigen Temperaturen in der hoch gelegenen Wüste.

Der Ort wäre schön gewesen, wenn... Sie hielt inne. Es *war* ein schöner Ort. Zumindest die Landschaft. Das Gehöft in Hope Springs befand sich auf einer riesigen Stufe des Coloradoplateaus, wo sich die Millionen Jahre Erdgeschichte in einem Regenbogen von Gesteinsschichten zeigten. Vor dem Hintergrund von Rot-, Orange- und Brauntönen der freigelegten Erde, hob sich die leichte Schneeschicht sogar umso deutlicher ab. Doch die willkürliche Ansammlung von heruntergekommenen Wohnwagen schien eher verwahrlost als zu einer Gemeinschaft zusammengefügt worden zu sein. Es war schwer, die Verlassenen von den Bewohnten zu unterscheiden. Die Farbe blätterte ab, Moskitonetze hingen durch und niemand unternahm einen

Versuch, irgendetwas zu verschönern. Es gab keine Blumen, keine gepflegten Vorgärten, keine fröhlichen Farben.

Als sie an diesem Ort angekommen war, war sie versucht gewesen, einfach umzukehren, um nach Arizona zurückzufahren und zu melden, dass die Blue Bloods ein für alle Mal besiegt worden waren. Aber es gab eine unterschwellige Spannung in der kleinen Siedlung von über siebzig Gestaltwandlern. Ein unbehagliches Gefühl, das ihren Nacken kribbeln ließ. Vielleicht waren die Hassprediger hier immer noch am Werk. Vielleicht lag die Gefahr nicht in der Vergangenheit.

„Summer!"

Sie blieb plötzlich stehen. Von allen Dingen, die sie in Utah erschaudern ließen, übertraf nichts den nasalen Tonfall von Gretchens Stimme. Sie drehte sich um und zwang sich zu einem neutralen Gesichtsausdruck. „Hallo."

„Komm' rüber, Süße", rief die Frau in ihren Fünfzigern.

Im Wort *Süße* schwang ein Subtext mit, den sie nicht zu deuten wagte, und *Komm' rüber* war ein Befehl. Als Gretchen den schiefen Stuhl neben sich tätschelte, schrien Summers Instinkte sie an, sich umzudrehen und wegzulaufen.

Gretchen Walker, geborene Whyte. Schwester von Victor und Emmett Whyte – den Männern, die die Blue Blood Organisation von einer losen Bande von Handlangern in eine plündernde Mörderbande verwandelt hatten. Victor und Emmett waren bei den von ihnen inszenierten Überfällen auf den Blue Moon Saloon ums Leben gekommen, was ihnen recht geschah. Aber Gretchen...

Summer war sich immer noch nicht sicher, welche Rolle die Frau in dem abtrünnigen Rudel spielte, aber sie hatte kein gutes Gefühl bei ihr.

„Lebst du dich gut ein?" Gretchen musterte sie mit ihrem durchdringenden Blick und ihre Nasenflügel bebten.

Das war der schwierigste Teil an der Undercover-Mission in Hope Springs. Wolfsgestaltwandler wie Gretchen waren empfindsam für die kleinste Veränderung im Gesichtsausdruck und sie konnten die Emotionen einer Person erschnüffeln. Wie Angst. Wie Scham. Wie Abscheu. Summer durfte keine Sekunde lang unvorsichtig sein.

Das Problem war nur, dass ihr Lügen und Täuschung nicht gerade im Blut lagen. Aber ihre Mission war eine auf Leben und Tod. Die friedliche Existenz unzähliger Gestaltwandler stand auf dem Spiel.

Außerdem konnte sie *unauffällig* und *emotionslos* auftreten. Das hatte sie in den schrecklichen Monaten, in denen sie von den Schurken mitgeschleppt worden war, auch tun müssen. Tatsächlich hatte sie dies die meiste Zeit in ihrem Leben unbewusst angenommen. Niemand bemerkte ihre Launen. Verdammt, selbst ihre Anwesenheit wurde nur selten bemerkt.

Drew bemerkt mich, murmelte ihre Wölfin. *Ihm entgeht nichts.*

Sie drängte ihn in ihren Hinterkopf. Sie konnte es sich nicht leisten, dass sich der attraktive Bär jetzt in ihre Gedanken schlich.

„Nun, ich muss mich immer noch an alles gewöhnen", gab sie zu. Je näher sie bei der Wahrheit blieb, desto höher standen ihre Chancen, unentdeckt zu bleiben. „Danke der Nachfrage. Wie geht es dir?"

Sie verkniff sich einen finsteren Blick und hoffte, dass Gretchen nicht wieder eine Tirade über den Tod ihrer Brüder anfangen würde. Gretchen seufzte. „Gut, dass ich meine Jungs habe. Sie halten mich auf Trab."

Die ‚Jungs' waren vier stämmige, dümmliche Wolfsgestaltwandler in Summers Alter, die mit Hasspredigten aufgewachsen waren. Zuerst hatte sie sich Sorgen gemacht, sie könnten die nächste Generation von Extremisten werden. Aber ohne die Führung eines Victor oder Emmett Whyte waren Gretchens Söhne verloren und orientierungslos. Das Schlimmste, was sie taten, war zu trinken, ihre Gewehre zu polieren, und auf jedes Kaninchen zu schießen, dass das Pech hatte, vor ihr Visier zu springen.

Nein, Gretchens Söhne waren nicht die Männer, über die Summer sich Sorgen machte. Sie sorgte sich eher um den Emmett Whyte-Verschnitt, der jetzt gerade auf sie zukam.

Ihre innere Wölfin knurrte und sie zwang sich, nicht die Zähne zu fletschen.

„Hallo, Mett. Willst du dich zu uns gesellen?", rief Gretchen.

Der Mann nannte sich Mett, aber Summer wusste, wer er wirklich war. Emmett Junior – der Sohn des Blue Blood Anführers, den sie so verachtete.

„Hallo, Tante Gretchen." Der Tabak, auf dem er kaute, war bei jeder trägen Silbe zu sehen. Als er Summer entdeckte, ließ er seinen Blick langsam und gierig an ihrem Körper auf und ab schweifen. „Hallöchen, Summer."

„Hi", knirschte sie durch zusammengebissene Zähne.

„Geht es dir gut?" Er schob den Tabak von einer Seite zur anderen.

Nun, ihr war speiübel, aber das konnte sie wohl kaum laut sagen. „Gut."

„Hast du darüber nachgedacht, was ich dir neulich vorgeschlagen habe?"

Sie ballte die Finger so fest zusammen, dass sich die Fingernägel in ihre Handflächen bohrten. Mett war kurz nach ihrer Ankunft auf sie zugekommen und hatte sie über den Tod seines Vaters ausgefragt.

Diese nichtsnutzigen Bärengestaltwandler haben es getan, nicht wahr? hatte er regelrecht gespien.

Das machte überaus deutlich, wo er in Bezug auf die Reinheitsproblematik stand.

Er sah auch genauso aus wie sein Vater. Er sprach in hasserfüllten Tiraden, genau wie sein Vater. Er verfluchte jeden Gestaltwandler, der die Artengrenzen überschritt, genau wie sein Vater. Aber das war noch nicht das Schlimmste an der Sache. Mett schien zu glauben, sie sei eine Freiwillige bei Emmett Whytes mörderischen Feldzügen und keine widerwillige Komplizin seiner Verbrechen gewesen. Mett hatte ihr einen Arm um die Schultern gelegt, ihr mit seinem Tabakatem ins Ohr gehaucht und versucht, sie zu trösten.

Ich weiß, du hast dein Bestes getan, um ihm zu helfen.

Fast hätte sie sich übergeben müssen. Sie hatte ihr Bestes getan, um von seinem Vater wegzukommen, aber das konnte sie ihm nicht wirklich sagen.

Mett machte sie krank. Ihre eigene Vergangenheit machte sie krank.

Sie hatte versucht, sich von ihm abzuwenden, aber sein Griff war nur noch fester geworden.

Hör zu, ich habe nachgedacht, Summ, hatte er als Nächstes gesagt.

Sie hasste es, wenn Leute ihren Namen abkürzten.

Du und ich...

Als er weitersprach, war sie so reglos wie ein Stein geworden.

Wir wären perfekt zusammen. Wir könnten die Arbeit meines Vaters fortsetzen. Dafür sorgen, dass die Gestaltwandler ihre Spezies reinhalten. Zu diesem Zeitpunkt hatte er wie ein Wahnsinniger gegrinst. *Und denk doch nur nach. Ich wette, wir würden ein paar wunderschöne reinrassige Welpen zeugen.* Er hatte seine Hand von ihrem Rücken zu ihren Rippen gleiten lassen und sich der Seite ihrer Brust genähert.

Sie hatte ihm auf die Hand geschlagen und war von ihm weggezuckt, als sein Grinsen zu einem bösen Funkeln wurde.

Scheiße. Es war ihr gelungen, es schnell zu überspielen. Gott sei Dank.

Ähm, es tut mir leid, hatte sie gesagt und sich an ihren Auftrag erinnert. *Ich schätze, ich bin immer noch, ähm...*

Sie hatte ein paar Sekunden lang nach Worten gerungen. Angewidert? Entsetzt? Empört über das, was sein Vater getan hatte?

Du trauerst noch? hatte Mett eingeworfen und sich wieder beruhigt. Der Mann war genauso Dr. Jekyll-Mister Hyde, wie sein Vater es gewesen war. *Ja. Ich vermisse ihn auch. Aber denke darüber nach, Summ. Denke an alles, was ich für dich tun könnte.*

Und sie hatte allerdings darüber nachgedacht. Die Aussicht darauf drehte ihr jedes Mal den Magen um.

Eine Fliege summte vorbei, während Mett und Gretchen auf ihre Antwort warteten.

„Ich glaube, ich habe mich noch nicht richtig eingelebt", murmelte sie und hoffte, dass es eher sanftmütig als angewidert klang.

„Aber, aber, zerbrich dir mal nicht dein hübsches kleines Köpfchen." Mett grinste. „Ich habe mir alles gut überlegt."

Seine Worte hallten in ihrem Kopf wider und Galle stieg in ihrem Hals auf. *Zerbrich dir mal nicht dein hübsches kleines Köpfchen...*

So viele Jahre hatte sie genau das getan. Damals, in ihrem Heimatrudel in Minnesota, hatte sie in einem Schnellrestaurant gearbeitet und nebenbei hin und wieder als Babysitterin. Die Politik des Rudels hatte sie nicht interessiert, also hatte sie nie wirklich darauf geachtet, was vor sich ging.

Sie konnte sich nicht erinnern, wann sie die ersten Schimpftiraden gegen Gestaltwandler gehört hatte, die die Artengrenzen überschritten. Für sie klang es ganz vernünftig. Wölfe sollten sich an Wölfe halten, Panther sollten bei Panthern bleiben und so weiter. Leben und leben lassen, hatte sie gedacht.

Gott, wie naiv sie gewesen war.

Es schien alles so weit weg zu sein und so wenig mit ihr zu tun zu haben. Doch dann fing Victor Whyte an, über die Reinheit der Blutlinien und den bevorstehenden Niedergang der Wolfsgestaltwandler zu predigen. Von diesem Zeitpunkt an veränderte sich alles. Es war eine langsame, allmähliche Veränderung, die sie nicht hatte kommen sehen, bis es zu spät war. Kaum jemand erhob seine Stimme, um Whytes Rhetorik infrage zu stellen. Und diejenigen, die es doch taten, wurden schnell in ihre Schranken verwiesen. Schließlich begab sich Victor auf einen Kreuzzug, wie er es nannte, und die meisten Leute atmeten einfach erleichtert auf. Aber dann fing auch Emmett Whyte an, sich lautstark zu äußern, und ihr Stiefvater Clark hatte bei jeder hasserfüllten Äußerung genickt.

Sie erschauderte, als sie sich an die Nacht erinnerte, in der Clark sie aus dem Schlaf gerüttelt hatte, um Emmett und den anderen zu folgen.

„Schhh! Sei still", hatte Clark gezischt.

Sie ging ohne Protest mit, weil sie dazu erzogen worden war, ihren Anführern zu folgen und den Mund zu halten.

Aber diese beiden Dinge wurden mit der Zeit immer schwieriger. Zunächst ließen Emmett, Clark und die anderen sie an den Orten zurück, die sie als Basis auserwählt hatten, während sie ,predigen' gingen, wie sie es nannten. Später setzten sie sie ein, um ihre Ziele auszuspionieren. Damals dachte sie, sie würde nur ein paar Anrufe tätigen oder Fragen über eine Nachbarschaft stellen. Harmlose Kleinigkeiten, die zur Vorbereitung der ,Verhandlungen' gehörten, mit denen Emmett und die anderen beauftragt worden waren.

Zumindest behaupteten sie das.

Aber dann kamen Emmett, Clark und die anderen immer öfter schmutzig und zerzaust zurück. Manchmal waren sie blutig von Kämpfen. Und selbst dann stellte sie keine Fragen, weil es ihr nicht zustand. Und als ihr Stiefvater bei einem Angriff starb, hat sie die Gestaltwandler gehasst, die ihm das angetan hatten, bis Emmett es ihr erklärte.

Clark ist für unsere Sache gestorben. Im Kampf gegen die, die nicht rein sind.

Als sie es schließlich begriffen hatte, war sie schockiert gewesen. Sie hatte dabei geholfen, gemischte Gestaltwandlerpaare zur Strecke zu bringen. Sie hatte Hinterhalte arrangiert, ohne sich dessen bewusst zu sein.

Aber... aber... hatte sie gestammelt. *Ihr habt gesagt, ihr würdet verhandeln.*

Mach dich nicht lächerlich, Kind. Emmett wies sie ab, so wie er es immer tat.

Aber ihr bringt sie um!

Natürlich bringen wir sie um! hatte er ihr ins Gesicht geknurrt. *Sie sind unrein! Sie schwächen uns alle!*

Sie wollte nichts mit diesem kranken Kreuzzug zu tun haben, aber Emmett ließ sie nicht gehen. An dem Tag, an dem sie endlich den Mut aufbrachte, über alle Berge zu rennen, hörte sie die Geräusche von weinenden Babys und streitenden Männern.

Töte sie, hatte Emmett gesagt. *Töte sie einfach.*

Sie war wie angewurzelt stehen geblieben. Emmett wollte unschuldige Kinder töten?

Wartet! Sie war herbeigeeilt und hatte die Männer um zwei verängstigte Babys versammelt gesehen, die von der Seite ihrer toten Mutter gerissen worden waren.

Was macht ihr denn da? Sie hatte die Kinder an ihren Körper gepresst und schützte sie instinktiv. *Wie krank seid ihr denn?*

Sie sind unrein, erwiderte Emmett in einem erschreckend emotionslosen Ton. *Sie müssen sterben.*

Er hätte sie vielleicht auch getötet, wenn ihre Verzweiflung nicht einen verrückten Plan angestachelt hätte.

Tötet sie nicht! Lasst sie am Leben.

Irgendwie war es ihr gelungen, Emmett davon zu überzeugen, die Kinder zu verschonen – zumindest für eine kurze Weile. Wer weiß, was passiert wäre, wenn Emmett nicht von der Idee abgelenkt worden wäre, die Wölfe und Bären des Blue Moon Saloons zu jagen.

Die Gestaltwandler des Blue Moon Saloons hatten Emmett und seine Bande schließlich getötet und die Babys unter ihre Fittiche genommen. Fay und Ben hatten jetzt ein gutes Zuhause in Montana bei Sorens Cousin Todd und seiner Gefährtin Anna. Der Blue Moon Clan hatte nicht nur die Babys gerettet, sondern Summer auch einen Platz zum Arbeiten und Wohnen gegeben.

Aber verdammt, jetzt war sie wieder in der Wolfshöhle. Wer war ein Feind? Wer könnte ein Verbündeter sein?

Manchmal wollte sie sich zu einer Kugel zusammenrollen und weinend nach Hause gehen. Aber es würde kein Zuhause für sie geben und keinen Frieden, wenn sie die Sache hier nicht zu Ende brachte.

Sie verbarg ihre aufgewühlten Emotionen und schaute Mett mit neutraler Miene an. Er sah hoffnungsvoll aus, als ob sie gleich schreien würde, *Ja! Ich wäre gern deine Gefährtin, du rassistisches, mordendes Schwein.*

„Ich schätze, ich brauche noch mehr Zeit, um einen klaren Kopf zu bekommen", sagte sie.

Gretchen runzelte die Stirn. Und die Falten wurden sogar noch tiefer, als ein zweiter Mann zu ihnen stieß. Ein großer, blonder Wolfsgestaltwandler, dessen Erscheinung Mett einen Schritt zurückweichen ließ.

„Hallo Thomas", murmelte Gretchen ganz und gar nicht erfreut.

Er zog den Hut und nickte. „Hallo.“

Jede Frau in Hope Springs schwärmte für Thomas. Er hatte das markante Aussehen eines Seifenopernstars, den Körperbau eines Footballspielers und ein offenes, aufrichtiges Lächeln. Genau wie Summer war er neu in der Siedlung und er schien in jeder Hinsicht ein perfekter Gentleman zu sein. Angeblich war er der zweite Sohn eines mächtigen Alphas irgendwo im Norden. Ein Gestaltwandler, der in seine besten Jahre kam und bereit war, ein eigenes Rudel anzuführen.

Und wie auch bei Mett strahlten Thomas' Augen ein wenig heller, wenn er sie ansah.

Scheiße. Scheiße, scheiße, scheiße. Was hatte es damit auf sich, dass sie sich zum ersten Mal verliebt hatte – in Drew wohlgemerkt –, dass sie ein Magnet für andere Männer wurde? Es war, als hätte Drew in ihr Herz gegriffen und ein Licht angezündet, das jeder sehen konnte.

Wenn sie den Schwanz hätte einziehen und nach Arizona zurücklaufen können, hätte sie es auf der Stelle getan. Aber das konnte sie nicht. Sie musste bleiben und herausfinden, welche Richtung dieses führerlose Rudel einzuschlagen schien. Wie groß war die Bedrohung, die sie zurzeit darstellten?

„Wenn ihr uns entschuldigen würdet... “, murmelte Thomas zu Mett, nahm Summer beim Arm und führte sie weg.

Sie folgte ihm vor allem, um den Klauen von Gretchen und Mett zu entkommen. Gleichzeitig warf sie Thomas einen Seitenblick zu. Wenn Mett sie wegen seiner kranken Überzeugungen beunruhigte, so beunruhigte Thomas sie wegen seines Charismas und der angeborenen Stärke. Dieser Mann war ein Alpha durch und durch. Wenn er die Führung dieses Rudels übernehmen würde, würden ihm alle wie blinde Schafe folgen, genauso wie sie es zuvor getan hatten. Und wer wusste schon, wie radikal seine Überzeugungen waren?

Sie beobachtete Thomas verstohlen. War er zu Gräueltaten fähig, wie sie von den Whytes begangen wurden?

„Wie fühlt es sich an, wieder zu Hause zu sein?“, fragte Thomas.

Zu Hause? Hope Springs war nicht ihr Zuhause. Das war der Blue Moon Saloon. Sie hatte nur eine kurze Zeit in Hope

Springs verbracht – ein weiterer kurzer Zwischenstopp, bevor Emmett und seine Bande wieder zu ihrer verrückten Mission aufbrachen.

„Ich schätze, ich versuche immer noch, herauszufinden, wo mein Zuhause wirklich ist", sagte sie wahrheitsgemäß.

Gretchen erschien wie aus dem Nichts und tätschelte Summers Arm mit ihren langen, knochigen Fingern. „Wir bauen es wieder auf, Schätzchen. Einen Schritt nach dem anderen."

Das war genau das, wovor sie Angst hatte. Sie sah Thomas an und fragte sich, wie er dazu stand.

Thomas murmelte zustimmend. „Ein Schritt nach dem anderen."

Mann, dieser Typ war unmöglich zu lesen.

Drei Pick-ups fuhren auf das Gelände und parkten neben der baufälligen Scheune, die als Versammlungshaus diente. Summer beobachtete, wie mehrere Gestaltwandler, die sie nicht erkannte, aus ihren Fahrzeugen stiegen.

„Zeit, loszulegen." Thomas' Nasenflügel bebten und seine Schultern versteiften sich.

„Loslegen?", fragte Summer.

Er nickte in die Richtung der Scheune. „Das Treffen. Warum kommst du nicht mit?"

Sie erstarrte und starrte auf die Scheune. Gemeinschaftstreffen waren in diesem Rudel reine Männersache. Nur ein paar wenige Frauen nahmen daran teil – wie Gretchen natürlich. Summer war noch nie bei einem Treffen gewesen und während die Whytes das Sagen hatten, hätte sie auch niemals daran gedacht, darum zu bitten, teilnehmen zu dürfen.

„Bitte komm' mit", sagte Thomas mit leiser Stimme. „Ich möchte, dass du kommst."

Seine Augen wirkten weicher und eine Sekunde lang glaubte sie, den verräterischen Duft der Erregung eines Wolfes zu riechen.

Ihr Magen überschlug sich. Verdammt. Thomas konnte doch nicht auf diese Weise an ihr interessiert sein, oder? Sie wollte weder die Aufmerksamkeit noch die Komplikationen.

Ich will nur Drew, heulte ihre Wölfin.

Gretchen runzelte missbilligend die Stirn.

„Sicher", sagte Summer und folgte Thomas. Welche Wahl hatte sie denn? „Das wäre großartig."

Das Schlurfen eiliger Schritte hinter ihr verriet, dass auch Gretchen mitkam. Als Thomas ihr die Tür aufhielt, drängelte Gretchen sich zuerst hindurch.

Summer seufzte. Diese Frau legte genauso viel Wert auf Hierarchie wie die schlimmsten der Männer.

Als Thomas ihr zuzwinkerte, rumorte ihr Magen. Was, wenn dieser ganze Plan schiefging und Thomas sie zwingen würde, bei weiteren Anschlägen zu helfen? Immerhin hatten Emmett und Victor Whyte in ihrer Zeit auch als charmant gegolten.

Sie schaute zu Mett hinüber und verbarg ein Stirnrunzeln. Offensichtlich konnte Charme auch Generationen überspringen.

Als Thomas ihren Arm berührte, wollte sie am liebsten weglaufen. Stattdessen holte sie tief Luft und folgte ihm. Doch als er einen Platz ganz vorn einnahm, schlüpfte sie hinter die Menge und verschwand in den Schatten, während sie jedes Gesicht studierte.

Es waren bereits ein Dutzend Anwohner da, die meisten von ihnen ältere Männer, die sich dem kranken Traum der Whytes angeschlossen hatten, ohne tatsächlich an Angriffen beteiligt zu sein – zumindest, soweit sie es wusste. Die Neuankömmlinge schienen einzeln angekommen zu sein und es kamen immer noch mehr dazu. Allesamt Wolfsgestaltwandler. Die Männer schüttelten einander die Hände und beugten sich zueinander vor, um sich unter vier Augen zu unterhalten.

Ich kann es kaum erwarten, noch mehr unschuldige Gestaltwandler zu töten, stellte sie sich vor, wie einer zum anderen sagte. Oder sagte der Mann, *Es ist an der Zeit, dass wir dieses verrückte Rudel auflösen?*

Die stärksten Alphas – diejenigen, die um die Führung des Rudels wetteifern könnten – waren leicht zu erkennen. Sie waren diejenigen, die mit jedem kühnen Schritt und jedem Seitenblick, der die anderen in ihre Schranken wies, Testosteron ausströmten. Als mehr und mehr Gestaltwandler eintrafen, staunte sie. Wie konnte sie nichts darüber gewusst haben, dass dieses Treffen stattfinden würde?

Sie schüttelte den Kopf über sich selbst. Natürlich würde es früher oder später ein Treffen geben. Und natürlich hätte ihr niemand etwas davon erzählt, weil es sie gar nichts anging. Eine Sekunde später blickte sie auf und war fest entschlossen, nicht in ihre alten Gewohnheiten zu verfallen. Sie würde sich auf jedes Wort konzentrieren und jede Geste analysieren.

„Also gut, fangen wir an." Einer der älteren Anwohner rief die Versammlung zur Ordnung. „Wir sind hier zusammengekommen, um Nominierungen für die Rudelführung des Blue Blood Rudels abzugeben."

Es klang so zivilisiert, obwohl sie schon ahnte, dass es in dem üblichen blutigen Chaos enden würde. Wölfe kandidierten nicht einfach so. Sie kämpften bis zum Tode.

Alle Augen richteten sich auf zwei Männer: auf Thomas und einen vernarbten, alten Wolf von irgendwo weiter westlich. Nach einem gewichtigen Schweigen traten beide vor und starrten sich gegenseitig an.

„Ich bin für Thomas", flüsterte jemand zu ihrer Rechten einem Freund zu.

„Ich bin für Dryver", sagte der andere. „Er ist älter. Er hat mehr Erfahrung. Er führt bereits ein eigenes Rudel. Wir könnten uns ihnen anschließen."

Summer kritzelte ein paar Beobachtungen auf ihren mentalen Notizblock. Das Problem war nur, dass weder Thomas noch Dryver durchschaubar genug waren, um sie zu verstehen. Nun, das war kein Alpha jemals. Selbst als die Menge anfing, die Männer mit Fragen zu löchern, tanzten beide um das Thema herum, den sogenannten Kreuzzug gegen unreine Gestaltwandler fortzusetzen.

„Für wen bist du?" Mett stellte sich neben sie und flüsterte ihr ins Ohr.

Sie zuckte zusammen. „Für den, der der bessere Anführer ist, nehme ich an."

Das klang vage genug, nicht wahr? Wage und leichtfertig, so wie sie es früher gewesen war. Aber innerlich überlegte sie, wie ihre wahre Antwort lauten könnte. Thomas? Dryver? Keiner von beiden?

Summer holte tief Luft und versuchte, sich zu merken, welche Person welchen Punkt angesprochen hatte. Viele der Männer in der Menge schienen sich nichts sehnlicher zu wünschen als Frieden und Wohlstand, aber ein paar von ihnen schienen mit der Sache der Whytes zu sympathisieren, als sie Thomas und Dryver eine Frage nach der anderen stellten.

„Was qualifiziert dich dazu, dieses Rudel anzuführen?" Diese Frage kam in verschiedenen Formen und beide Kandidaten beantworteten sie leicht.

„Was würdet ihr gegen die Schulden dieses Rudels unternehmen?", fragte jemand anderes, als die Befragung weiterging.

„Was braucht dieses Rudel eurer Meinung nach am dringendsten?", meldete sich Summer nach einer Pause zu Wort.

Ein Dutzend überraschte Köpfe drehte sich um, aber keiner missbilligender als Gretchens angespanntes Gesicht.

Ich kann mich nicht daran erinnern, dass du früher in Versammlungen das Wort ergriffen hättest, meine Liebe, sagte ihr versteinerter Ausdruck.

Früher habe ich auch nicht selbstständig gedacht, wollte Summer am liebsten antworten.

„Stabilität. Zeit, um sich zu regenerieren", sagte Thomas sofort. „Starke Führung."

Dryver nickte und schoss eine ebenso neutrale Antwort heraus. „Feste Regeln und ein gemeinsames Ziel."

Sie wollte gerade fragen, was dieses Ziel sein könnte, als die Tür aufflog und ein Sonnenstrahl in den Raum fiel. Alle Köpfe in der Scheune drehten sich um und es entstand eine bedeutungsschwere Pause – die Art, die den Eintritt eines mächtigen Alphas ankündigte, der alles verändern könnte. Den schockierten Blicken einiger Gesichter nach zu urteilen, erwartete sie fast, dass Tyler Hawthorne, der imposante Anführer des Twin Moon Rudels, in den Raum schreiten würde.

Doch wer auch immer es war, brauchte sehr lange, um einzutreten. Ein Raunen ging durch die Menge, aber sie verstand die Worte nicht. Sie war zu sehr damit beschäftigt, sich auf ein

Geräusch zu konzentrieren. Das Geräusch von Füßen, die über eine Fußmatte abgetreten wurden.

Rechts, links. Rechts, links.

Ihr Herz schlug schneller.

Eine stämmige Gestalt trat langsam über die Schwelle und rieb eine starke muskulöse Schulter am Türrahmen. Eine kühne Geste, die sagte, *Mir gehört dieser Ort vielleicht nicht, aber mit mir legt man sich besser nicht an.*

Ein Raunen ging durch die versammelten Wölfe, als sie seinen eichigen Geruch erschnupperten.

Drew, schrie ihre Wölfin. *Drew!*

„Hei-lige Scheiße", rief jemand.

„Ein Bär? Wer zum Teufel hat einen Bären eingeladen?", flüsterte eine andere Person.

Drew schaute sich langsam um, als wollte er sagen, *Nur zu, fordert mich heraus.* Keiner tat es. Sie starrten nur stumm vor sich hin.

Sie starrte ebenfalls. Denn es war Drew, aber es war nicht Drew. Dies war eine rauere, härtere, *rohere* Version des Mannes, den sie geküsst hatte. Gemeiner fast. All die Sanftheit war aus ihm gewichen und er war ganz Krieger, ganz Kraft.

Hei-lige Scheiße war richtig. Damals im Blue Moon Saloon hatte er nie seine volle Stärke gezeigt. Vielleicht hatte er nicht die Gelegenheit dazu gehabt. Aber jetzt...

„Mann oh Mann. Den sollten wir nicht verärgern", flüsterte jemand.

„Und mit wem haben wir das Vergnügen?", fragte Thomas mit sorgfältig neutraler Stimme. Er streckte sich zu seiner vollen Größe auf und setzte einen Alphawolfsblick auf, den Drew mit gleicher Intensität erwiderte.

„Das Vergnügen ist ganz meinerseits." Drews tiefe Stimme hallte durch den Raum.

„Was zum Teufel willst du hier?", bellte Dryver in offener Herausforderung.

Summer hielt den Atem an und beobachtete, wie Drew die Fäuste ballte.

Kapitel 4

Drew hielt inne und nahm seine Umgebung in Augenschein. Die Luft im Raum knisterte vor Erwartung wie ein Gewitter, das sich im toten Ende einer Schlucht entlud. Angst, Hass und Misstrauen wirbelten durch den Raum und ein Flüstern erreichte seine empfindlichen Ohren.

„Ein Bär! Ein Bär!"

Was, hatten sie noch nie einen Bärengestaltwandler gesehen?

„Sag' mir nicht, dass er einer von diesen nichtsnutzigen Vosses ist", knurrte jemand anderes.

Nur ein entfernter Verwandter, aber nun, ja. Er stand voll und ganz hinter seinem Cousin. Das Problem wäre nur, dies vor dieser hässlichen Truppe zu verbergen.

Das, und seine Zuneigung zu Summer zu verstecken. Sie erfolgreich zu täuschen. Er konnte sie vom anderen Ende des Raumes aus riechen und sein Bär schrie danach, zu ihr zu laufen und sie mit einem Kuss zu verschlingen.

Innerlich pirschte sein Bär auf und ab, aber äußerlich blieb er ganz ruhig. Soren hatte recht gehabt, ihn davon abzuhalten, Summer zu folgen, weil es viel zu offensichtlich war, dass er an der Wölfin interessiert war.

Interessiert? Er war regelrecht besessen. In der letzten Woche hatte er kaum geschlafen und die wenigen Stunden, die er sich gönnte, waren mit Träumen von einer lächelnden Summer gefüllt. Und manchmal mit Albträumen, in denen sie um Hilfe schrie. Eines Nachts war er sogar aus dem Bett gesprungen und fest entschlossen gewesen, zu ihr zu eilen. Aber Soren hatte ihn davon überzeugt, umzukehren, weil Summer sicherer sei, wenn niemand da wäre, der ihre Mission verraten könnte.

Aber dann hatte eine anonyme Nachricht den Blue Moon Saloon erreicht. Und das hat alles verändert.

Ich fasse es einfach nicht, hatte Soren gemurmelt, als er die E-Mail las, die von einem Account gesendet wurde, den sie nicht identifizieren konnten.

Insider, der bereit ist, mit euch zusammenzuarbeiten, um die Blue Bloods unter Kontrolle zu halten, hieß es in der Nachricht. *Es gab schon genug Gewalt. Könnte eure Unterstützung brauchen. Seid ihr dabei?*

Der Schreiber hatte mit einem X unterzeichnet. Mehr nicht.

Könnte ein Trick sein, hatte Soren gesagt.

Könnte aber auch echt sein, schoss Simon zurück.

Man kann niemandem trauen, hatte Drew eingeworfen.

Soren und Simon hatten sich mit den Wölfen der Twin Moon Ranch beraten. Schließlich hatten sie beschlossen, Drew nach Hope Springs zu schicken, während sie versuchten, weitere Informationen vom Verfasser der Nachricht herauszubekommen.

Wenn der Kerl legitim ist, brauchen wir Summer dort nicht, hatte Soren gesagt. Drew war in seiner Eile fast sofort aus dem Saloon gestürmt, um augenblicklich loszufahren. Aber Soren war noch nicht fertig. *Wenn sie versuchen, uns zu täuschen, könnte Summer in größerer Gefahr schweben, als wir dachten.*

Woraufhin er tatsächlich aus dem Saloon gestürmt war und sich auf den Weg gemacht hatte. Und jetzt, da er es endlich geschafft hatte, überkamen ihn all die Gefühle, die Summer in ihm auslöste, auf einmal. Liebe. Lust. Freude. Furcht. Es kostete ihn alle Kraft, sich nicht in ihre Richtung umzudrehen und all das zu offenbaren.

Er holte tief Luft und befahl sich selbst, seine Gefühle nicht zu verraten. Gut, dass er ein geübter Winterschläfer war – es half ihm, seinen Herzschlag zu verlangsamen. Und verdammt, er hatte dies noch nie so sehr tun müssen wie jetzt. Sein Puls raste und seine Nerven zuckten. Sein Bär wollte jeden Wolf in Sichtweite zerfleischen, sich Summer schnappen und sie von diesem schlimmen Ort wegbringen. Jedes Gestaltwandlerrudel misstraute Außenseitern, aber diese Wölfe schleuderten regelrecht Messer mit ihren Blicken. Wie hatte Summer hier nur eine Woche überlebt?

„Was zum Teufel willst du hier?", bellte ein Mann.

Drew ignorierte den vernarbten, alten Wolf und behielt den jüngeren, blonden Wolf im Auge. Jeder Instinkt sagte ihm, dass dies der Wolf war, vor dem er sich in Acht nehmen musste. Er war schlauer, subtiler und viel schwieriger zu lesen. War er es, der Soren die Nachricht geschickt hatte?

Drew bezweifelte es. Der Typ schien verdammt eingebildet zu sein – nicht die Art, die um Hilfe von außen bat. War es die ältere Frau, die an der Seite saß und aufmerksam zuhörte? Sie sah aus, als wäre sie zu allem fähig – zum Beispiel ihr eigenes Rudel zu verraten oder einen Hilferuf vorzutäuschen. Unmöglich zu sagen, wer es war. Die drei bärtigen Männer, die ihn aus der ersten Reihe aufmerksam studierten, sahen alt und müde aus. Mehr als es ihr Alter rechtfertigte. Konnten sie die Nachricht geschickt haben?

Großer Gott, gab es hier irgendjemanden, dem er vertrauen konnte?

Niemanden. Nun, abgesehen von Summer.

Er bündelte die ganze Kraft seines Bärenclans in einen grimmigen Blick und ging langsam durch die Scheune, um jedes Gesicht zu studieren. Er zwang sich, über Summer hinwegzusehen, aber Junge, es fiel ihm schwer. Sie sah gezeichnet und dünn aus – dünner als zuvor. Er sehnte sich danach, sie mit nach Hause zu nehmen und sie mit Beerenpfannkuchen und Honig zu füttern. Seine Lieblingsspeise. Könnte es auch ihre sein?

Er verdrängte den Gedanken in seinen Hinterkopf und konzentrierte sich ganz auf die beiden Alphas vor ihm. Mit wem hatten sie das Vergnügen?

„Drew Kovacs vom Katahdin Clan." Er ließ einen Hauch von Warnung in seine Stimme einfließen.

„Mächtiger Bärenclan an der Ostküste", murmelte jemand.

Er streckte die Brust ein wenig heraus. Verdammt richtig.

„Thomas Miller", sagte der blonde Mann. Er erwähnte kein Rudel, was bedeutete, dass er entweder aus seinem früheren Rudel verstoßen wurde – was angesichts seiner offensichtlichen

Stärke unwahrscheinlich erschien – oder dass er der zweite oder dritte Sohn eines mächtigen Alphas war, der nun sein eigenes Rudel führen wollte. Die gefährliche Art – an Privilegien gewöhnt und machthungrig.

„Dryver", sagte der alte Mann als Nächstes. „Vom Deer Mountain Rudel. Bist du auf irgendeine Weise mit diesen Vossbären verwandt?"

Jeder Gestaltwandler im Raum beugte sich vor und mehr als ein Satz Krallen wurde ausgefahren. Er konnte spüren, wie sie lautlos herausgelitten, während sich die Wölfe kaum zurückhalten konnten.

Ein Moment der Wahrheit. Was er als Nächstes sagte, würde seine gesamte Mission entscheiden.

„Cousin", gab er zu.

Alarmierte Stimmen erhoben sich im Raum, aber ein Blick von Thomas brachte sie zum Schweigen. Ja, er war definitiv der Wolf, vor dem man sich in Acht nehmen musste.

Drew hatte seinen Text auf dem Weg nach Norden hundertmal geübt, so dass es ihm jetzt leicht fiel.

„Mein Clan ist besorgt über das Verhalten unserer Verwandten im Westen."

Das entsprach fast der Wahrheit. Zu Hause gab es viele Bären, die es missbilligten, dass seine Cousins die Tradition brachen und sich Gefährtinnen nahmen, die keine Bären waren. Die Missbilligung war jedoch bei Weitem nicht so mörderisch wie die dieser Killerwölfe. Es war eher ein Kopfschütteln unter den älteren Bären. Aber das brauchte er ihnen ja nicht zu sagen.

„Sie haben mich losgeschickt, um mit den Bären zu sprechen, die den Blue Moon Clan leiten." Das stimmte auch größtenteils.

„Das ist kein Clan. Es ist eine Schande!", rief jemand.

Er ignorierte die Quelle und konzentrierte sich ausschließlich auf die Reaktion der beiden Alphas vor ihm. Waren sie so radikal, wie er befürchtet hatte?

Dryver fletschte die Zähne zu dem Mann, der gerufen hatte, – aber eher in einer *Man sollte dich sehen, aber nicht hören*-Geste, als in einer *Ich bin mit deiner Meinung nicht einverstanden*-Haltung.

„Und du bist hergekommen, um...?" Thomas warf Drew einen kühlen Blick zu, der unmöglich zu lesen war. Schon seltsam, wie sich jeder Blick und jede Frage wie eine Falle anfühlte. Eine hässliche, stahlharte Bärenfalle.

Ich bin hergekommen, um meine Gefährtin aus diesem kranken Haufen zu holen, wollte sein Bär am liebsten brüllen. *Um sie mit nach Hause zu nehmen und ihr zu sagen, was ich für sie empfinde.*

„Die Anführer meines Clans haben mich hergeschickt, um über die Aktivitäten der Blue Bloods zu berichten. Mehr nicht." Er hielt seine Stimme sorgfältig neutral, genau wie seine Wortwahl.

Thomas neigte den Kopf in einer *Das kann auf vielerlei Weise interpretiert werden*-Geste, was genau das war, was Drew beabsichtigt hatte. Seine Worte könnten so interpretiert werden, dass der Katahdin Clan es in Erwägung zog, die Blue Bloods in ihrem Streben nach Reinheit zu unterstützen. Was völliger Blödsinn war, aber das wusste Thomas ja nicht. Zweitens verhinderte seine vorsichtige Wortwahl, dass ihm der Geruch einer Lüge entschlüpfte, denn die Aussage war in gewisser Weise wahr. Soren – ein Mitglied seines Clans zumindest im erweiterten Sinne – hatte ihn tatsächlich nach Utah geschickt, um Informationen zu sammeln.

Und um jeden Wolf, der meine Gefährtin bedroht, zu verstümmeln, zu zerreißen oder zu töten, wenn ich schon mal hier bin, fügte sein Bär hinzu.

Sogar Drew selbst konnte die Warnung riechen, die er bei diesen Gedanken verströmte, aber das war in Ordnung. Sollten die Wölfe doch sehen, wie er sich sträubte. Sie sollten ruhig auf der Hut sein.

„Um zu berichten?" Thomas zog die Augenbrauen hoch.

Eine Frage, auf die Drew im Moment ganz sicher nicht antworten würde. Je weniger er sagte, desto länger könnte er seine Tarnung aufrechterhalten.

Alles, was ich will, ist meine Gefährtin. Sie in Sicherheit bringen. Sie zu der Meinen machen, knurrte sein Bär.

Tja, nun. Das wollte er auch, aber es ging um mehr als nur um ihn und Summer. Die Zukunft aller Gestaltwandler stand auf der Kippe.

Der griesgrämige, alte Dryver verschränkte seine dicken Arme und schaute ihn finster an. „Das ist die Angelegenheit unseres Rudels, nicht eure."

„Wessen Rudels?" Drew blickte zwischen den beiden Männern hin und her, um seinen Standpunkt zu unterstreichen. Wer würde die Blue Bloods anführen und was wäre seine Agenda?

Der alte Mann runzelte die Stirn. „Das wird sich bald entscheiden."

Bald konnte gar nicht früh genug kommen – und Summer sah das genauso. Er konnte ihre Ungeduld selbst aus dieser Entfernung spüren. Und auch die Anspannung, wegen der er ihr am liebsten die Schulter massiert hätte. Die Angst vor dem, was als Nächstes geschehen würde.

Er hielt seine Arme sicherheitshalber locker an seinen Seiten, denn die Menge war in Dutzende von hitzigen Gesprächen ausgebrochen. Jeden Moment könnte eine Schlägerei beginnen und er wäre dann besser darauf vorbereitet, sich zu Summer durchzukämpfen und ihr zur Flucht zu verhelfen.

Aber Thomas und Dryver schafften es, den Ort wieder unter Kontrolle zu bringen – Thomas mit wütenden Blicken und ohne jeglichen Lärm, Dryver mit harschen Rufen. Drew könnte darauf wetten, dass Thomas die Position des Alphas hier gewinnen würde. Das war der leichte Teil. Schwieriger war es, herauszufinden, was Thomas als Nächstes tat. Würde er das Rudel in eine neue Ära des leben und leben lassen führen oder würde er einen Gestaltwandlerkrieg anzetteln?

„Ordnung! Ruhe!" Dryver schlug mit der Faust auf einen Tisch. Dies gepaart mit Thomas' Blick sorgte dafür, dass die Anwesenden sich beruhigten.

„Der Alpha dieses Rudels wird dir sagen, was du deinem Clan berichten kannst, Bär." Dryvers Stimme triefte bei dem Wort *Bär* vor Verachtung.

„Ja", murmelte Thomas. „Das wird er."

„Diese Frage wird heute Abend geklärt." Dryver warf Thomas einen bösen Blick zu.

Die Menge fing wieder zu murmeln an. „Ein Kampf! Ein Kampf!"

Drew schaute sich um. Er hatte noch nie Gestaltwandler gesehen, die so begierig auf Blut waren.

„Heute Abend." Thomas nickte.

Der Fehdehandschuh war geworfen, die Herausforderung angenommen. Alle fingen gleichzeitig an zu reden und die ganze Aufmerksamkeit richtete sich nun auf die beiden Alphakandidaten. Die beiden, die sich, um die Führung des Rudels zu übernehmen, ein Duell im Wolfsstil liefern würden.

Drew riskierte einen Blick auf Summer. Jeder Wolf im Umkreis von fünfzig Kilometern würde sich diesen Kampf ansehen, was bedeutete...

Summers braune Augen funkelten, als sie das Motiv seiner Gedanken erkannte.

Wenn alle auf den Kampf fixiert waren, würde niemand die Abwesenheit einer stillen Wölfin und eines kräftigen Bären bemerken.

Sein inneres Biest rieb sich vor Vorfreude fast die Pfoten.

Er wandte sich von Summer ab, bevor es jemand bemerken konnte, und täuschte stattdessen einen gelangweilten Blick vor, der sagte, *Wölfe. Solch ungeheuerliche Kreaturen. Nichts im Vergleich zu Bären.*

Was teilweise stimmte. Bären überlegten sorgfältig, während Wölfe aus dem Bauch heraus reagierten. Bären gingen mit Bedacht vor, nicht hitzköpfig.

Er dachte an Summer und sein Blut geriet in Wallung. Aber wenn es um die wichtigsten Dinge ging, kannten Bären die Bedeutung von Leidenschaft. Wie Ehre. Wie Pflicht. Wie Liebe.

Er würde seinem Clan dienen und alles tun, was nötig war, um für die Sicherheit seiner Gefährtin zu sorgen. Die Frage war nur, ob er beides tun konnte?

Vertraue mir, sagte eine Stimme tief in seinem Kopf. *Wenn die Zeit gekommen ist, vertraue mir.*

Er schüttelte den Kopf. Da war sie wieder. Die Stimme des Schicksals. Er wollte am liebsten schnauben. Auf gar keinen Fall würde er irgendwem außer sich selbst vertrauen.

„Du, Bär, bist gehört worden", sagte Thomas, als sich der Raum wieder beruhigt hatte. „Der Alpha dieses Rudels wird sich morgen mit dir treffen." Er machte eine subtile Bewegung in Richtung seiner eigenen Brust.

Dryver runzelte die Stirn. „Ja. Das wird er."

Drew betrachtete die beiden Kandidaten. Welcher von ihnen würde bis zum Morgengrauen tot sein? Thomas war ein Wolf in den besten Jahren, aber die Erfahrung eines Veteranen wie Dryver war nicht zu unterschätzen.

„Heute Abend." Dryver funkelte Thomas an.

„Heute Abend", bellte Thomas zurück.

Sie meinten natürlich den Kampf. Aber als Drew seine Gedanken zu Summer drängte, hatte er eine ganz andere Bedeutung im Sinn.

Heute Abend, dachte er und hoffte, sie könnte seine Gedanken lesen.

Heute Abend. Ein schwaches, hoffnungsvolles Flüstern drang in seinen Kopf. *Heute Abend.*

Kapitel 5

Summer verließ das Treffen durch die eine Tür, während Drew durch die andere hinausging. Es tat ihr weh, ihn sich entfernen zu sehen. Auch ihn schmerzte es – sie konnte den gequälten Schrei seines Bären hören, genauso wie sie seinen inneren Schmerz spürte.

Heute Abend. Sie schoss den Gedanken hinterher. *Ich werde dich heute Abend finden.*

Sie hätte noch eine gute Stunde lang dagestanden und zugesehen, wie die Staubwolke, die sein Transporter aufgewirbelt hatte, aufstieg und langsam wieder zu Boden sank, aber sie konnte nicht. Sie konnte es sich nicht leisten, Interesse an dem Bärengestaltwandler zu zeigen, der den Mut gehabt hatte, diese Wolfshöhle zu betreten.

Warum war Drew nach Hope Springs gekommen? Stimmte etwas nicht? Sie sehnte sich danach, die Fragen zu stellen, die ihr durch den Kopf gingen.

„Gottverdammter Bär, einfach so hier aufzutauchen", brummte Mett neben ihr.

Sie zuckt überrascht zusammen. Hoppla. Sie hatte sich für einen Moment ablenken lassen und das war gefährlich. Gut, dass Mett ihren Schauer der Angst falsch interpretierte.

„Mach dir keine Sorgen, Summ." Er legte ihr einen Arm um die Schultern. „Ich werde dich beschützen."

Sie konnte es sich kaum verkneifen, ihm einen Ellbogen in die Rippen zu rammen, um ihn von sich fernzuhalten. Ganz fern.

Drew wird mich beschützen, wollte sie sagen. Aber scheiße, Drew war weggefahren, also war der Einzige, der sie jetzt beschützen konnte, sie selbst. Sie durfte nicht zulassen, dass Mett ihr auf die Schliche kam. Nicht jetzt.

Sie schlang ihren Arm um ihren Bauch und versuchte, etwas Abstand zwischen seinem und ihrem Körper zu schaffen. „Danke.“

„Für dich tue ich alles, mein Schatz.“

Die Krallen juckten unter ihren Fingernägeln, als ihre Wölfin darum bettelte, herausgelassen zu werden.

„Alles für meine Gefährtin“, fügte Mett hinzu und sie erstarrte.

„Gefährtin?“

„Natürlich, Summ. Spürst du es nicht auch?“

Alles, was sie spürte, war ein Magen, der sich überschlug, und Sehnsucht nach Drew.

„Denk’ doch mal nach“, sagte Mett.

Sie bemühte sich wirklich sehr, nicht an die Schrecken zu denken, die eine Verpaarung mit Mett mit sich bringen würde.

„Wir können einen Neubeginn starten und das Werk meines Vaters vollenden. Den Kreuzzug fortsetzen, für den du so hart gekämpft hast.“

Das Einzige, was sie noch mehr anwiderte als der Gedanke, mit Mett verpaart zu sein, war die Vorstellung, dass sie den kranken Kreuzzug der Blue Bloods tatsächlich unterstützt hatte. Sie hatte es nicht gewollt und doch hatte sie es getan.

Noch vor ein paar Wochen wäre sie bei diesem Gedanken vor Scham zusammengebrochen. Aber jetzt war sie stärker. Klüger. Entschlossener denn je, das Unrecht wiedergutzumachen.

Tränen und Reue würden die Vergangenheit nicht ändern. Alles, was sie tun konnte, war zu verhindern, dass dasselbe in der Zukunft noch einmal geschieht, indem sie sich konzentrierte. Das bedeutete, ein Auge auf die Vorgänge in diesem Rudel zu haben und ihren Freunden im Blue Moon Saloon Bericht zu erstatten. Und es bedeutete, Drew zu finden, damit sie verstehen konnte, was ihn nach Utah geführt hatte. Aber wie um alles in der Welt sollte sie sich unbemerkt davonschleichen?

Mett packte ihren Arm fester, als könnte er ihre Gedanken lesen.

„Ich mache mir nur Gedanken über heute Abend", bluffte sie. „Was glaubst du, wer gewinnen wird?"

„Das spielt keine Rolle", flüsterte Mett mit einem verschmitzten Lächeln. „Ich habe einen Plan."

Ganz plötzlich schaltete ihr kompletter Körper in Alarmbereitschaft um.

„Einen Plan?"

Mett nickte und sah äußerst selbstzufrieden aus. „Einen Plan für uns beide."

Seine Augen glänzten mit einem Hauch des gleichen Wahnsinns, den sie manchmal in seinem Vater gesehen hatte, und sie bekam eine Gänsehaut. Dennoch zwang sie ihren Körper näher an seinen und strich mit einem Finger über seine Wange. „Was für ein Plan?"

Er packte ihren Hintern und zog sie nah genug heran, um seine wachsende Erektion zu spüren. „Ich kann es niemandem sagen, Baby. Aber bald werde ich es."

Am liebsten hätte sie sich von ihm losgerissen und ihre Haut abgeschrubbt, aber sie zwang sich, mitzuspielen. „Komm schon, Mett. Du kannst es mir sagen."

Er flüsterte halb und leckte ihr bei den nächsten Worten halb das Ohr. „Großes Geheimnis. Glaube mir einfach, wenn ich dir sage, dass es egal ist, wer von den beiden gewinnt."

Ihre Wölfin knurrte innerlich, aber sie hielt die Bestie unter Kontrolle – gerade so.

So widerlich. Wie kannst du dich mit dieser Schlange abgeben? schrie ihre Wölfin. Er stank nach Tabak und purem, unverfälschtem Hass.

Sie tat es, weil sie es tun musste. Sie musste mehr herausfinden. Was heckte Mett aus? Was hatte er vor?

„Du kannst mir vertrauen." Sie berührte seine Brust.

„Oh, ich vertraue dir. Zerbrich dir nicht dein hübsches, kleines Köpfchen."

Diesen Satz hatte sie schon einmal gehört. Und obwohl sie sich damals keine Sorgen gemacht hatte, war sie jetzt besorgt. Mett führte etwas im Schilde.

„Aber jetzt, wie wäre es, wenn du und ich... ", begann er.

„Mett!“, rief einer von Gretchens bulligen Söhnen zu ihnen. „Du und deine Wölfin, ihr könnt später vögeln. Komm und hilf mir.“

Das Knurren ihrer Wölfin wurde tiefer und gefährlicher.

„Mach dir keine Sorgen“, flüsterte Mett und ließ sie endlich los. „Wir beide können später Spaß haben.“

Sicher. Spaß. Sie wollte ihn ohrfeigen, aber stattdessen zwang sie ihre widerstrebenden Lippen zu einem Lächeln. „Kann ich helfen?“

Was? kreischte ihre Wölfin.

Es ist besser, ihn im Auge zu behalten, nicht wahr?

Wenn mir nicht vorher schlecht wird, murmelte die Wölfin.

„Klar, Summ. Lass uns gehen.“ Er griff nach ihrer Hand und zog sie mit sich.

Wir müssen nur einen Steinwurf entfernt bleiben, sagte sie zu ihrer Wölfin. *Um zu sehen, was er vorhat.*

Steinwurf? Führe mich nicht in Versuchung.

Sie blieb den Rest des Nachmittags bei ihm und ertrug noch mehr von seinem lüsternen Grinsen und den Berührungen. Die meiste Zeit hielt sie sich jedoch außerhalb der Reichweite seiner wandernden Hände auf, die zumeist damit beschäftigt waren, Holz für ein großes Lagerfeuer zu sammeln.

„Für den Zeitpunkt, wenn der Alpha benannt wird“, erklärte er. „Nicht, dass es eine Rolle spielt.“

Sie musterte ihn genau. Was hatte er vor?

Neben dem Lagerfeuer machten sie Platz für eine Kampfarena komplett mit groben Holzbänken und Podesten.

„Das wird ein höllischer Kampf“, sagte einer seiner Cousins.

„Ja. Vielleicht werden sie sich gegenseitig umbringen“, murmelte Mett. „Das würde uns die Mühe ersparen.“

Ihr Herz raste und sie überlegte, ob sie es Thomas erzählen sollte. Aber er war eine ebenso große Unbekannte wie Mett selbst.

Als sich die Sonne dem Horizont immer weiter näherte, wuchs die Menge an. Wolfsgestaltwandler, die sie nicht einmal kannte, tauchten auf und wollten dem Kampf beiwohnen. Einige von ihnen sahen misstrauisch aus, als ob auch sie sich um ihre Zukunft sorgten. Es waren gewöhnliche Gestaltwandler, nahm sie an, die ihr Rudel wieder auf den richtigen Weg – auf einen ehrlichen Weg – führen und mit ihren Leben weitermachen wollten. Ein paar jüngere Revolverhelden kauten Tabak und riefen ihre Unterstützung für den einen oder anderen Kandidaten heraus. Diese bereiteten ihr mehr Sorgen. Sie würden dem Anführer folgen, der aus diesem Chaos hervorging. Aber wer würde es sein?

Sie schaute auf das Gebäude, in dem Thomas für den Nachmittag verschwunden war. Dann blickte sie zu dem Unterschlupf, in dem Dryver und seine Männer warteten, während die Stunden verstrichen. Schließlich wanderte ihr Blick zu Mett hinüber. Ihm fehlten die rohe Kraft und der Verstand der anderen beiden, aber er schien sich seiner Sache so sicher zu sein. Welches Ass hatte er am Ärmel? Er sprach mit niemandem über seine Pläne, aber jedes Mal, wenn er sie ansah, zwinkerte er ihr zu.

Wie aufs Stichwort drehte sich ihr der Magen um.

Nachdem sie alles vorbereitet hatten, begannen Mett und seine Cousins zu trinken.

„Willst du auch eins?" Er drückte ihr eine Bierflasche in die Hand.

„Nein, danke", schaffte sie zu sagen. „Aber möchtest du noch eins?"

Er grinste wie ein Mann, der frisch mit einer sanftmütigen, kleinen Wölfin verpaart war, die ihn auf Schritt und Tritt bediente. „Ich habe eine Gute erwischt, Jungs", rief er seinen Cousins zu.

Stell' mich nicht auf die Probe, murmelte ihre Wölfin innerlich.

Sie brachte ihnen ein Getränk nach dem anderen und machte Mett so betrunken, wie sie nur konnte.

„Dort hinten gibt es noch mehr, Baby" Mett deutete in die Richtung eines Gebäudes.

Glücklich über die kurzzeitige Fluchtmöglichkeit betrat sie es und schaute sich um.

„Hoppla", murmelte sie, als sie aus Versehen eine Toilette betrat. Sie war schon halb aus der Tür, als sie innehielt.

Badezimmer. Schrank. Medikamente.

Sie huschte wieder hinein, schnappte sich die Schmerztabletten, die sie im Schrank finden konnte, und machte sich auf den Weg zu den Spirituosen. Das harte Zeug. Mit zitternden Händen brach sie die Kapseln auf und schüttete den Inhalt in eine Wodkaflasche. Auf dem Weg hinaus schüttelte sie die Flasche.

„Wo warst du denn?", bellte Mett und zeigte wieder seine dunkle Seite.

„Ich habe dir das gute Zeug besorgt. Schau doch mal."

Die Sonne war gerade hinter dem Horizont verschwunden und die Männer hatten Fackeln um den Kampfring herum aufgestellt. Ein halbes Dutzend Männer umkreiste sich bereits und wetteiferte darum, als erste mit der Show beginnen zu dürfen.

„Noch eine halbe Stunde", murmelte jemand.

Mett riss ihr die Flasche aus der Hand und trank einen kräftigen Schluck.

Sie beobachtete ihn aufmerksam und entfernte sich immer weiter vom Mittelpunkt des Geschehens. Kämpfe um eine Alphaposition konnten die ganze Nacht andauern, weil ihnen Dutzende kleinerer Kämpfe vorausgingen, in denen Männer Partei ergriffen und sich gegenseitig herausforderten. Diese Aufwärmkämpfe endeten selten tödlich, aber sie waren chaotische, langwierige Wettkämpfe zwischen heißblütigen jungen Männern, die sich beweisen wollten. Meistens wurde mehr gebellt als gebissen und die Widersacher kämpften in menschlicher Gestalt, bevor sie auf vier Füße wechselten. Ein Kampf führte zum nächsten und heizte den Blutdurst der Menge an. Es dauerte Stunden, bis die Dinge schließlich auf Alphaniveau eskalierten. Sie bezweifelte, dass sie in der Aufregung irgendjemand vermissen würde. Der Trick wäre jedoch, sich überhaupt erst einmal davonzumachen.

Mett schaute sich nach ihr um, stolperte und trank noch einen großen Schluck.

Jetzt? bettelte ihre Wölfin, die bereit war, in die Berge zu fliehen.

Sie prüfte die Szene noch einmal. Gretchen befand sich auf der anderen Seite der Arena und beachtete Summer nicht. Mett setzte sich auf einen Heuballen und blinzelte heftig. Seine Cousins waren ebenfalls betrunken, auch wenn sie nichts von dem gespickten Zeug zu sich genommen hatten.

Auf gehts! drängte ihre Wölfin. *Jetzt!*

Sie schaute sich ein letztes Mal um und versteckte sich dann hinter einem Gebäude. Mit langsamen Schritten nutzte sie ein Gebäude nach dem anderen zur Deckung und ließ den Trubel hinter sich. Schließlich erreichte sie den Rand der Siedlung und joggte einen Pfad hinauf. Dann rannte sie, als ob ihr Leben auf dem Spiel stand.

Drew, summte ihre Wölfin. *Wir werden Drew sehen!*

Ihre Schritte gerieten ins Stocken, bevor sie sich zum Weitergehen zwang. Was, wenn Drew nicht geblufft hatte, als er die Wölfe ansprach? Was, wenn er seine Meinung über sie geändert hätte?

Sie presste den Kiefer zusammen, rannte weiter und folgte einer schmalen Schlucht, die sich nach Nordwesten schlängelte. Selbst wenn Drew seine Meinung geändert hätte – selbst wenn er ihr das Herz brechen würde –, musste sie ihn sehen. Zum einen, um ihm zu berichten, was sie beobachtet hatte. Und zum anderen, um herauszufinden, wie sie ihm bei seiner Mission helfen konnte, was auch immer diese war.

Sie blieb stehen, entledigte sich ihrer Kleidung und versteckte sie hinter einem Felsen, bevor sie sich in ihre Wolfsgestalt verwandelte. Und in der Sekunde, in der sie dies tat, übernahm der Instinkt die Kontrolle.

Gefährte! Ich muss meinen Gefährten sehen, heulte ihre Wölfin und schnüffelte auf der Suche nach einem Zeichen, dass jemand ihr folgte, in der Luft herum.

Nichts. Niemand hatte sie gesehen und niemand war ihr gefolgt. Sie waren alle zu sehr mit dem Kampf beschäftigt und würden noch stundenlang danach mit dem Lagerfeuer und dem Klatsch und Tratsch zubringen, der stets auf solche bedeutenden Ereignisse in der Geschichte eines Rudels folgte.

Und wenn ihr jemand folgte... Ihr Fell sträubte sich und sie fletschte ihre langen Zähne. Heute Nacht würde sie niemand aufhalten.

Sie stieg in einen Bach und watete flussaufwärts, wobei sie mehrfach aus dem Wasser stieg und wieder hineintauchte, um sicherzugehen, dass sie nicht verfolgt werden konnte. Dann schlug sie mit dem Schwanz, joggte einen Hügel hinauf und schnüffelte herum.

Von hier aus konnte sie Drew nicht riechen – nicht direkt. Aber jeder Muskel in ihrem Körper spürte eine Anziehungskraft, die aus dem Osten kam. Also rannte sie mit Volldampf in diese Richtung.

Gefährte, schnaufte ihre Wölfin, während sie weiterstürmte. Er war dort draußen. Er wartete auf sie.

Sie rannte schneller und schneller und hoffte, dass er ihren Ruf hörte. *Warte auf mich, mein Gefährte.*

Kapitel 6

Drew schwankte von einem Fuß auf den anderen und spähte in die Dunkelheit. Wo war sie?

Er trat zum zehnten Mal in den Dreck, pirschte zur Straße zurück und dann wieder den Pfad hinauf. Er war kilometerweit von Hope Springs zu einem winzigen öffentlichen Park gefahren, der für ein heimliches Treffen ebenso geeignet schien wie jeder andere Ort auch. Aber würde Summer überhaupt auftauchen?

Er kratzte sich am Ohr und sagte sich, dass er nicht an ihr zweifeln sollte. Aber verdammt, er hatte bei diesem Wolfsrudeltreffen ein ziemlich gutes Pokergesicht aufgesetzt. Ganz zu schweigen von seinen vagen Bemerkungen über die Vermischung von Gestaltwandlerarten, so dass sie ihm seine Täuschung vielleicht abgekauft hatte.

Aber Summer würde doch sicher wissen, dass er fest auf der Seite seines Cousins stand. Sie würde sich nicht von ihm abwenden, oder?

Er prüfte die Umgebung erneut und ging weiter nervös auf und ab. Das einzige Geräusch war das Knirschen seiner Stiefel im Schnee auf dem Boden. Er schnupperte in der Luft herum, um sich zu vergewissern, dass sonst niemand in der Nähe war. Und wie sollte es auch sein, wo er doch bis zum Ende dieser Nebenstraße in eine abgelegene Ecke des Parks gefahren war? Er hatte auf dem Weg ein paar schlecht verschlossene Tore durchquert, fast zwei Kilometer weiter entfernt geparkt, war über einen Zaun geklettert und hatte seine Spuren sorgfältig verwischt. Heute Nacht würde sie niemand stören.

Vertraue mir, flüsterte die Stimme in seinem Kopf. *Hier bist du sicher.*

Nun, das würde er selbst beurteilen. Er überprüfte alles dreifach, bis sein Bär zufrieden war.

Sicher. Sein Bär nickte. *Aber wo ist sie?*

Er hatte die Anziehungskraft dieses Ortes gespürt. Spürte Summer sie auch? Der Boden schien zu summen, als hätte Mutter Natur ihn an diesen speziellen Ort geführt, um ihnen ein heimliches Rendezvous zu ermöglichen.

Er schaute auf die Uhr und sah sich dann noch einmal in der Umgebung um. Auf der Lichtung, auf der er stand, gab es ein paar Picknicktische mit Grills, aber die Aschereste in ihnen waren nicht neu. Das Gebiet war offiziell gesperrt und, was am wichtigsten war, es gab hier keine Spuren von Gestaltwandlern.

Nein, er brauchte sich keine Sorgen zu machen. Er war allein.

Ich will nicht allein sein, seufzte sein Bär traurig. *Ich will meine Gefährtin.*

Das war das Problem. Es gab auch keine Anzeichen von Summer.

Geduld, bellte er den Bären an, als wäre er selbst besser.

Schließlich raschelte es im Gebüsch am anderen Ende der Lichtung und er drehte sich um.

„Summer.“

Ihr Name war alles, was er zustande brachte, als sie aus den Schatten trat. Sie war es. Sie musste es sein. Aber Himmel, er hatte sie noch nie in Wolfsgestalt gesehen. Und diese Wölfin – Summer – raubte ihm den Atem.

Sie war genauso schön, wie er erwartet hatte. Ihr Haar war genauso blond, wie er es gewohnt war, was sie eine hellere Wölfin sein ließ, als er je gesehen hatte. Ihre Augen waren genauso schokoladenbraun, aber sie waren noch intensiver als sonst und wurden durch den etwas dunkleren Fellstreifen, der ihre Stirnlinie markierte, noch mehr betont. Ihre Nase war schwarz und glänzend und die Nasenlöcher bebten, als sie seinen Geruch wahrnahm. Ihre Körperhaltung war genauso wie die in ihrer menschlichen Gestalt: aufrecht und ein wenig steif. Wie jemand, der Angst verspürte, sich jedoch weigerte, sich ihr zu beugen.

Angst. Er war entschlossen sie aus ihrem Leben zu verbannen. Eines Tages. Irgendwie. Ja, es war riskant, sich auf diese Weise zu treffen. Aber sich nicht zu treffen, wäre noch riskanter, denn er konnte seine Leidenschaft für sie nicht länger unterdrücken. Dies schien die einzige Möglichkeit, die Sehnsucht aus seinem Körper zu vertreiben, bevor er sich in die Blue Blood-Hochburg zurückschlich und sein Verlangen wieder unter Verschluss halten musste.

Sein Bär brummte und ermutigte sie, so viel zu schnüffeln, wie sie wollte. *Du gehörst mir und ich gehöre dir.* Spürte sie es auch?

„Summer." Seine Stimme durchbrach kaum die Stille des Waldes. Er hielt den Atem an und bewunderte jedes Detail dieser Wölfin. Er prägte sich alles ganz genau ein. Ihre langen Beine, das Glitzern des Sternenlichts in ihren Augen, der hoffnungsvolle Ausdruck auf ihren Zügen.

„Summer", flüsterte er und lockte sie weiter an.

Sie leckte sich über die Wolfslippen und schnippte mit dem Schwanz. Langsam trat sie einen Schritt vor und das Mondlicht schimmerte auf ihrem Fell. Noch ein Schritt und Drew hatte immer noch nicht gewagt, auszuatmen. Er traute sich nicht einmal, irgendetwas zu denken. Er stand einfach nur da, gefangen in ihrem Bann.

Sie verharrte auf der anderen Seite der Lichtung und es erschien ihm viel zu weit weg zu sein. Aber zum Glück kam sie mit einem vorsichtigen Schritt nach dem anderen näher. Sie schien auch größer zu werden und zuerst dachte er, dass das Flimmern um sie herum die Körperwärme ihrer Wölfin war, die in der kalten Luft flackerte. Dann wurde ihm bewusst, dass sie sich verwandelte, und er war sprachlos. Gestaltwandler verwandelten sich nicht einfach vor jedem. Nur vor Rudelmitgliedern und ihren vertrautesten Freunden.

„Summer", flüsterte er mit einer Stimme voller Dankbarkeit und Staunen.

Als sie sich auf ihre Hinterbeine erhob, kamen ihre menschlichen Züge zum Vorschein. Sie krümmte die Pfoten, die sich zu Fingern und Händen ausdehnten. Ihr wunderschöner Wolfspelz verschwand und ließ ihre nackte Haut zurück. Sie schlang ihre Arme um sich. Wegen der Kälte oder seines Blickes? Beides?

Er schluckte und konnte seinen Blick nicht von Summers schlanker, weiblicher Gestalt und der seidigen Haut abwenden. Sie war so atemberaubend, dass sie aussah wie Venus, die aus dem Meer aufstieg. So strahlend, dass sie sein Gespür für Jahreszeiten und Uhrzeit auf den Kopf stellte. Statt der Kälte des Winters spürte er die Wärme des Julis und der Raum um sie herum glühte förmlich, als würde die Sonne und nicht der fast volle Mond auf diese Lichtung scheinen.

Ihre Haut war blass und glatt, die Beine lang und schlank und ihre Brustwarzen von der Kälte straff. Sie standen leicht nach oben ab und schauten zwischen ihren Fingern hervor. Seine Lippen bewegten sich unwillkürlich, weil er sich danach sehnte, sie zu kosten.

Der Bär in ihm schnaufte innerlich. *Meine. Gefährtin.*

Gott sei Dank verspürte er einen Instinkt, der ihn dazu brachte, seine Jacke auszuziehen und sie um ihre Schultern zu schlingen. Vielleicht würde sie ihn nicht für einen totalen Höhlenmenschen halten.

Er legte auch nicht nur die Jacke um ihre Schultern. Auch seine Arme schloss er um sie und sie schmiegte sich sofort an ihn. So fest, dass er den Druck ihrer Brüste an seinem Hemd spüren konnte. So nah, dass er die Wärme ihres Bauches und ihrer Brust fühlte. So intim, dass sein Bär auf alle möglichen unanständigen Ideen kam.

„Hi", murmelte sie.

Als er gesprochen hatte, schien seine Stimme in den friedlichen Raum eingedrungen zu sein, aber Summers Stimme schien wie ein Teil davon. So wie das Flüstern eines Zweiges über einem anderen oder das sanfte Flattern der Flügel eines Vogels. Aber er hörte auch eine traurige Note und das machte ihn fertig. Es gab so vieles, was er sagen wollte, aber nichts davon kam heraus.

Summer, lass' die Vergangenheit hinter dir. Gehe mit mir in die Zukunft.

Summer, du bist die unglaublichste Person, die ich je getroffen habe. Weißt du das nicht?

Summer, ich träume davon, mein Leben mit dir zu teilen. Träumst du das auch?

„Hi", war alles, was er herausbekam. „Du hast mich gefunden."

Ein schüchternes Lächeln breitete sich auf ihrem Gesicht aus und wärmte ihn. „Ja, das habe ich."

Er wollte fragen, wie, und hoffte, dass es ihr Herz und nicht ihre Nase gewesen war, die sie hierhergeführt hatte. Aber sie hatten nicht die ganze Nacht Zeit und er sollte wirklich zur Sache kommen, nicht wahr?

Wir haben mindestens zwei Stunden, knurrte sein Bär. *Jede Menge Zeit.*

„Du hast mich gefunden", wiederholte er wie ein Vollidiot und ihr Lächeln wurde breiter.

Jeder Instinkt sagte ihm, sich noch weiter zu nähern und seine Körperwärme mit ihr zu teilen. Aber pure Angewohnheit ließ ihn einen halben Schritt zurückweichen. Irgendwie passierte das immer. Dieses Hin und her. Es war, als könnte sein innerer Bär Summer nicht nah genug kommen und wollte die Distanz zwischen ihnen komplett überwinden. Aber seine menschliche Seite wusste, dass er ihr Raum geben musste. Sie war ihre eigene Person, nicht seine, und er konnte nicht davon ausgehen, dass sie ihn genauso sehr begehrte, wie er sich nach ihr sehnte.

Aber verdammt, er hoffte, dass sie es tat.

„Das machst du immer", murmelte sie und zog ihn näher an sich.

„Was mache ich?"

„Näher kommen und dann wieder wegtreten." Sie zog ihn wieder an sich und lud ihn zu sich ein. So nah, dass sie den Kopf nach hinten neigen musste, um ihn anzusehen. Oder genauer gesagt, um auf seine Lippen zu blicken.

„Dir ist kalt", murmelte er.

Sie schüttelte den Kopf und schenkte ihm ein unanständiges Grinsen. „Mir ist heiß."

Er stöhnte innerlich auf. Wie zum Teufel sollte sich ein Bär in solch einer Situation beherrschen?

„Du musst dich nicht beherrschen." Ihre Lippen kitzelten sein Ohr. „Nicht heute Nacht."

Er schaute sie zweimal an. Konnte sie jetzt seine Gedanken lesen? Oder hatte sein Gesichtsausdruck ihn verraten?

Ich muss mich nicht beherrschen, wiederholte sein Bär, als sie sein Hemd aufknöpfte.

„Ich brauche es so sehr", flüsterte sie. Ihr Atem hing wie eine winzige Kondensationswolke vor ihr in der klaren Nachtluft.

Siehst du? schnaufte sein Bär. *Sie will uns. Braucht uns.*

Er zog sie näher zu sich und hüllte sie in seine Wärme ein. Er wagte nicht zu fragen, was *es* war – obwohl er es in ihren Augen sehen konnte. Er konnte es in der Anziehungskraft ihres Körpers an seinem spüren.

Sie ließ eine Hand über seine Brust gleiten und verfing sich im Stoff seines Hemdes. Ein Hemd, das er am liebsten den Rest des Weges heruntergerissen hätte – alles, um Haut an Haut mit ihr zu sein.

„Drew", flüsterte sie. „Ich brauche dich so sehr."

Ihre Augen standen in Flammen und ihr Atem stockte genau wie seiner. Sein Schwanz wurde in seiner Jeans ganz hart und drückte gegen den Stoff.

Summer, hätte er fast gesagt. *Ich brauche dich auch.*

Er begehrte sie so sehr. Ihren Körper. Ihre Liebe. Ihre Gesellschaft, tagein und tagaus. Er wollte eine Zukunft mit ihr. Er wollte sie als seine Gefährtin.

Aber wenn ihn das nicht zu einem gierigen Arschloch machte, was dann?

Also zog er sich zurück und konzentrierte sich auf sie. „Sag mir, was du brauchst. Sag mir, was du willst."

„Dich." Sie ließ ihre Hand wieder nach unten wandern und drückte sie auf seinen Bauch. Etwa fünf Zentimeter höher, als ihm lieb war. „Ich will uns." Dann trübte eine Wolke ihren Blick. „Aber ich habe auch Angst."

„Wovor?"

„Weißt du noch, wer ich bin, Drew."

Nun, das war ganz einfach. „Du bist die unglaublichste Person, die ich kenne. Die Frau, die ich will."

Sie starrte ihn an und schüttelte dann den Kopf. „Ist es nicht falsch, dass ich dich nach allem, was ich getan habe, jetzt begehre?"

„Du hast getan, wozu du gezwungen wurdest. Ob es falsch ist?" Er hob seine Hände an ihre Schultern. „Du hast nichts Falsches getan. Hass ist falsch. Liebe... Liebe ist richtig."

„Liebe?"

Er nickte entschlossen. „Gott, Summer. Von der Sekunde an, als ich dich traf, wollte ich dich. Ich will dich immer noch. Für immer, meine ich."

Sie biss sich auf die Lippe. „Ich wusste es, bevor ich dich überhaupt gesehen habe. Noch bevor du zur Tür hereinkamst, wusste ich es."

„Warum also dagegen ankämpfen? Fühlst du es nicht auch?"

„Ich fühle es", murmelte sie, aber sie sah immer noch traurig aus. Als wäre sie entschlossen, sich für den Rest ihres Lebens das Glück zu versagen.

Auf keinen Fall, knurrte sein Bär. *Das werde ich sie nicht tun lassen.*

Ohne nachzudenken, trat er näher und ließ kaum einen Zentimeter Platz zwischen ihren Oberkörpern.

„Du spürst das, oder?", fragte er mit heiserer Stimme. Damit meinte er die Hitze, die zwischen ihnen aufstieg. Das Knistern und Züngeln von unsichtbaren Flammen.

Ihre Augenlider flatterten und verrieten ihm, dass sie es auch spürte. Und wie sollte sie es auch nicht? Er konnte fühlen, wie sich die Fäden des Schicksals um sie beide schlangen wie die Stränge eines Kokons. Er konnte die erdige Stimme des Schicksals hören, die rief: *Gefährtin, Gefährtin, Gefährtin.*

Er schlang seine Arme um sie, bevor sie ihre Vergangenheit Revue passieren lassen konnte, und senkte dann sein Kinn, bis er in Kussweite ihrer rosigen Lippen war.

„Du musst es spüren." Er wedelte mit der Hand durch den Raum zwischen ihnen. „Diese Energie. Dieses Bedürfnis. Den Ruf."

„Der Ruf..."

„Der Ruf meiner Gefährtin."

Na also. Er hatte es endlich ausgesprochen. Vielleicht würde sie ihn ohrfeigen, ihn für verrückt erklären oder weglaufen, aber er hatte es wenigstens gesagt.

„Gefährtin?" Ihre Lippen zitterten.

„Gefährtin", sagte er.

Sein Bär schlug im Inneren mit ihm ein.

Summer nahm einen tiefen Atemzug und nickte. „Ich fühle es. Ich will es auch."

Die Worte ließen ihn fast explodieren. Sie wollte ihn auch!

Jeder Stern am Himmel schien ihn anzufeuern: *Dann küsse sie! Küsse sie! Mach schon!*

Er beugte sich langsam vor, so dass sie sich zurückziehen könnte, aber sie tat es nicht.

„Ich will es auch", wiederholte sie leise. „So sehr."

Ist das genug grünes Licht für dich? forderte sein Bär.

Der Damm in ihm brach und ein Kribbeln der Vorfreude zuckte durch seine Brust.

Er nahm sich vor, ihr den sanftesten Kuss der Welt zu geben, aber sie trafen mit einem Knall aufeinander, weil sie sich genau zur gleichen Zeit nach vorn gestreckt hatte. Und für eine schwankende Sekunde suchten ihre Lippen unbeholfen nach der perfekten Passform. In dem Moment, als sie sie fanden...

Summer stöhnte und drängte sich näher an ihn. Sie drückte ihre Brüste gegen seinen Oberkörper und ihre Hüfte nach vorn, um seinen Schwanz zu reizen. Sie öffnete ihren Mund im selben Moment wie er und ließ ihn von sich kosten.

Er schlang seine Arme um sie und gestattete seinen Händen, langsam nach unten zu gleiten. Tiefer, tiefer und tiefer, bis hin zur perfekten Rundung ihres Hinterteils. Summer stöhnte und er hätte es fast auch getan.

Bring sie dazu, das noch einmal zu machen, verlangte sein Bär. *Ich muss hören, dass sie uns will. Mach es noch einmal.*

Er griff etwas weiter hinunter, spreizte seine Finger und schob dann ein Bein vor, um ihre Schenkel auseinanderzudrücken.

Summer gab einen bedürftigen, verzweifelten Laut von sich und er tat es ihr gleich. Er konnte nichts sehen. Er konnte nicht denken. Er konnte nichts anderes tun, als ihren berauschenden

Duft einzuatmen. Gott, wie sie schmeckte – wie alle Aromen des Sommers in einem. Honig. Erdbeeren. Hagebuttentee, der von der Sonne gewärmt wurde. Wie Freiheit, denn auch die hatte einen Geschmack, auch wenn er schwerer zu fassen war.

„Drew…“ Sie schlang ihre Arme um seinen Nacken und verlangte, dass er sie fester küsste. Leidenschaftlicher.

Er überwältigte sie mit einem Kuss, der schon seit Tagen – wenn nicht sogar seit Wochen – darauf gewartet hatte, gegeben zu werden. Er war überhaupt nicht sanft und nicht weich, aber auch ihre Küsse waren dies nicht. Als sie unter sein Hemd griff, um seine Haut zu berühren, rauschte sein Blut. Er verschlang sie mit einem weiteren tiefen Kuss. Langsam drückte er sie mit dem Rücken an die Kante eines Picknicktisches, während sie ihm das Hemd auszog. Und selbst dann küsste er sie weiter und konnte sich kaum noch beherrschen.

„Drew“, flüsterte sie wieder und wieder.

Er breitete sein Hemd auf dem Picknicktisch hinter ihr aus und küsste und berührte sie so lange, bis sie flach auf dem Rücken lag. Er zog sich gerade lange genug zurück, um sich zu vergewissern, dass sie sich sicher war.

Sie zog ihn näher an sich. „Ich bin mir sicher, Bär.“

Verdammt. Hatte sie seine Gedanken gelesen?

Mehr, forderte sein Bär. *Ich will mehr!*

„Hilf mir mit der hier“, flüsterte sie und zerrte an seiner Jeans.

Er zog seine Stiefel und die Jeans aus und warf beides beiseite. Als seine Boxershorts folgten, ragte sein Schwanz gerade nach oben.

„Drew.“ Summer krümmte sich zu einer halben Rumpfbeuge nach oben. Ihr Blick huschte zu seiner Erektion und als sie ihm wieder in die Augen sah, war ihr Gesicht gerötet und ihre Lippen leicht geöffnet.

Ich will es, sagte das Glühen in ihren Augen. *Ich will dich in mir spüren.*

Und Mann, er hatte noch nie in seinem Leben einen solchen Rausch verspürt.

„Bist du sicher, dass du es willst?“, schaffte er hervorzubringen.

Sie lachte und ließ sich auf den Rücken fallen, um sich wie ein Festmahl vor ihm auszubreiten. „Sehe ich sicher aus?"

Sie hob beide Beine an, bis ihre Fersen an der Tischkante ruhten. Sie beugte die Knie, öffnete sich ihm und lud ihn zu sich ein.

Ja, sie sah allerdings sicher aus.

Er beugte sich über ihren Körper. Ein weiterer Kuss mit einem gewissen Maß an Kontrolle und dann würde er seiner animalischen Seite nachgeben. Ein Kuss, um sie wissen zu lassen, dass dies mehr war als nur ein Körper, der einen anderen begehrte.

Hier ging es um ihn und sie. Um die Zukunft. Um Liebe.

Er drückte seine Lippen auf ihre. Sie bäumte sich unter ihm auf und griff nach seinem Schwanz. Sie streichelte ihn sanft, so wie er mit der Zunge über ihre Lippen glitt. Aber dann wurde ihr Griff, so wie auch seine Bewegungen, härter.

Mehr, stimmte sein Bär zu.

Er plünderte ihren Mund und zog ihren Körper näher an die Tischkante. Mit seiner Leidenschaft drückte er sie regelrecht durch den Tisch, bis ihr Stöhnen seine Ohren füllte. Sie klammerte sich die ganze Zeit an ihn und signalisierte ihm, weiterzumachen und sich nicht zurückzuhalten.

Und jetzt gab es kein Halten mehr. Nicht, wenn sein Bär die Kontrolle übernommen hatte. Auf seinem Weg nach unten knabberte er an ihrem Hals und ihrer Haut, bis er sich an der rechten Brust ergötzte und mit seiner Zunge über ihre straffe Brustwarze glitt. Sie verhärtete sich sofort und richtete sich in seinem Mund auf, als er sie immer weiter mit der Zunge neckte.

„Drew", stöhnte sie und krümmte sich seiner Berührung entgegen.

Sein Herz schlug laut in seiner Brust. Sein Gehirn sandte tausend gemischte Botschaften, die ihm befahlen, sie auf tausend verschiedene Arten gleichzeitig zu berühren. Mehr von ihren weichen Brüsten. Mehr von der flachen Weite ihres Bauches. Er ertappte sich dabei, dass er an ihrem Bauchnabel leckte, ohne sich zu erinnern, wie er dorthin gekommen war. Er rutschte wieder nach oben und saugte an ihrer Brust, tauchte dann wieder ab und spreizte ihre Beine mit seinen Händen.

Als sie seinen Kopf tiefer führte, spreizte er sie mit den Daumen auf. Dann lehnte er den Kopf an die Innenseite ihres Oberschenkels und rieb mit seinem stoppeligen Kinn über ihre Haut, bis er ihre Mitte erreichte. Er atmete ihren Duft ein und schnippte mit der Zunge.

Sie schmeckte wie Honig. Wie Beeren, die reif zum Pflücken waren. Wie zu Hause. Er berauschte sich an diesem Geschmack und saugte ihn auf – verzweifelt, wie ein Bär, der sich zu Beginn des Herbstes labte, weil er wusste, was die Zukunft bringen würde.

Summer zuckte unter ihm und flehte ihn an, weiterzumachen.

„Ja. Bitte, ja", murmelte sie wieder und wieder.

Also leckte er sie. Saugte. Trank sie praktisch – und trank und trank, wie ein gottverdammter Schiffbrüchiger in der Wüste. Wie ein Ritter mit dem Heiligen Gral. Er verzehrte sie, wie kein Mann je zuvor eine Frau verzehrt hatte.

Er war sich seiner eigenen Bewegungen nicht bewusst, nur ihrer Reaktionen. Dem Zucken ihrer Hüfte. Dem Druck ihrer Hände. Dem Zittern ihrer Haut. Als er seine Finger in sie einführte, atmete sie bebend ein. Ihr ganzer Körper krümmte sich und tanzte unter ihm, als er schluckte und sich an ihr labte, bis er betrunken und gesättigt war. Betrunken von seiner Lust und von ihrer.

Das gefällt meiner Gefährtin. Sie liebt es, gluckste sein Bär innerlich.

Er konnte es am Spiel ihrer Finger auf seinem Rücken erkennen und am festen Griff ihrer Schenkel um seinen Kopf. Sie war so weit nach hinten geneigt, dass er beide Hände um ihren Hintern schlingen und sie festhalten konnte, wie ein gieriger Mann, der sich einen Teller an den Mund hob.

„Bitte", flehte sie. „Ich bin so nah dran."

Jede andere Frau wäre zu diesem Zeitpunkt bereits erschlafft und erschöpft gewesen, aber Summer hielt durch und verweigerte sich selbst die Erlösung, als könnte sie spüren, wie viel mehr er über sie lernen wollte.

Er reizte sie und wanderte von ihrer süßen Mitte zu den steifen, rosafarbenen Brustwarzen und wieder zurück, bis ihr

Bauch vom Scheuern seines Bartes ganz gerötet war. Er wollte nicht, dass sie sich nur gut fühlte. Er wollte sie um den Verstand bringen. Also erkundete er weiter und entdeckte, was sie bewegte, was sie erschütterte und was sie an den Rand der Freudentränen trieb. Er prägte sich alle Kombinationen ein, Stück für Stück, bis er schließlich bereit war, alles zusammenzufügen und sie über den Abgrund fliegen zu lassen.

„Drew... " Ihre Stimme wurde höher.

Ja, sie war wirklich nah dran.

Er schob zwei Finger tief in sie hinein und krümmte sie gegen eine Stelle, die sie fast aus der Haut springen ließ. Dann massierte er sie weiter mit der Zunge. Härter, schneller – so wie ihr Körper es verlangte.

„Drew", stöhnte sie und explodierte unter ihm.

Er hielt inne und lauschte den Geräuschen, die sie ausstieß. Gerade als er glaubte, sie würde von ihrem Hochgefühl wieder herunterkommen, stieß er erneut mit seinen Fingern hinein und schnalzte mit der Zunge, um ihr einen zweiten Orgasmus abzuringen, der direkt auf den ersten folgte. Und als sie schlaff und keuchend wieder zur Besinnung kam und unzusammenhängende Dinge murmelte, legte er seinen Kopf auf ihren Bauch und hielt sie fest.

Meine Frau, knurrte sein Bär lächerlich zufrieden mit sich selbst. *Meine Gefährtin.*

Seine zutiefst befriedigte Gefährtin. Er konnte es in ihrem verträumten Seufzen hören und in ihrer Berührung spüren. Ja, sein Schwanz sehnte sich nach seiner eigenen Erlösung, aber das konnte warten. Die Welt konnte warten, verdammt noch mal. Er schlang seine Arme um sie, schloss die Augen und atmete sie ein.

„Wunderschön", murmelte er.

„Wunderschön", wiederholte sie mit einer verträumten, entrückten Stimme.

Er lächelte an ihrem Bauch und zeichnete ein Herzchen mit dem Finger, während er versuchte, sich nicht von Gedanken an die Zukunft ablenken zu lassen. Dies war nur eine Nacht. Eine kurze Nacht.

Eine Nacht, die er ewig in die Länge ziehen würde, wenn er es könnte.

Kapitel 7

„Drew." Summer leckte sich mit der Zunge über die Lippen
und genoss seinen Geschmack. Sie war durch die Stratosphäre
geflogen und kaum in der Lage zu sprechen, nachdem er sie in
ein berauschendes Hoch geleckt hatte. Vorsichtshalber hielt sie
kurz inne, um sich zu vergewissern. Funktionierten ihre Lippen
wieder? Konnte sie mehr als ein Stöhnen oder einen Schrei
hervorbringen?

„Drew", flüsterte sie.

Lippen, alles klar. Finger?

Sie bewegte sie und zeichnete einen Muskelstrang seines
Armes nach.

Weibliche Körperteile?

Ihr Körper zeigte ihr einen langsamen, sinnlichen Daumen
nach oben.

Sie nahm an, sie wäre also bereit, etwas anderes als nur
seinen Namen zu krächzen. Aber was?

Drew ließ die Finger über ihre Haut gleiten und sandte
kleine Schwingungen in ihre überforderten Nerven. Eine nach
der anderen erwachten die Synapsen und gingen vom La-La-
Land direkt zu... zu...

Verdammt... zu unbändigem Verlangen über.

Sie lag vollkommen still, als eine zweite Hitzewelle durch
ihren Körper schoss. War es überhaupt möglich, nach einem
solchen Orgasmus mehr zu wollen?

Ihre Wölfin regte sich und wedelte mit dem Schwanz.

Offensichtlich schon.

Der dreiviertel Mond schien wie ein Scheinwerfer von oben
auf sie herab. Sterne drängten sich um ihn herum und blinzel-
ten wie tausend kleine Spanner. Die Lichtung wurde von Kie-

fern umgeben, deren Äste sich unter dem schweren Schnee nach unten bogen – eine Erinnerung daran, dass ihr eigentlich kalt sein sollte. Aber Drew lag wie eine Bleidecke über ihr und hielt sie warm. Der Druck seines Schwanzes an ihrem Oberschenkel verriet ihr, dass er ihr eine Gelegenheit geben wollte, sich zu erholen, bevor er sein eigenes Vergnügen fand. Ein Vergnügen, das sie ihm nicht eine Minute länger verweigern wollte.

Sie bewegte sich unter ihm und zog einen Fuß an seinem Bein hoch.

„Summer… "

Ihr Bauch wurde von seinem gedämpften Atem ganz warm und ihr ganzer Körper kribbelte bei der Erkenntnis, wie begierig sie sich plötzlich fühlte. Lüstern. Ausgehungert. Verzweifelt, von ihm ausgefüllt zu werden.

„Auf die Gefahr hin, herrisch zu klingen… ", wagte sie, zu sagen.

Er hob den Kopf und schaute sie mit funkelnden Augen an.

„Ich will dich in mir spüren. Sofort. Bitte. "

Und sie meinte damit weder seine Finger noch seine Zunge – so unglaublich befriedigend das auch gewesen war. Sie wollte alles. Sie wollte ausgefüllt werden. Gedehnt werden. Sie musste spüren, wie er mit voller Kraft in sie stieß, wieder und immer wieder. Jeden harten, heißen Zentimeter von ihm.

Sie schüttelte über sich selbst den Kopf. Seit wann hatte sie denn so eine schmutzige Fantasie?

Ganz einfach, schoss ihre Wölfin zurück. *Seit wir unseren Gefährten getroffen haben.*

Sie hatte schon mit ein paar Männern geschlafen – verdammt, jede Wölfin hatte schließlich ihre Bedürfnisse –, aber sie war noch nie zuvor so begierig gewesen. So verzweifelt darauf, vögeln oder sterben zu wollen, wie jetzt. Ihre Wölfin heulte innerlich und bettelte um mehr.

„Ich muss dich in mir spüren, mein Gefährte", flüsterte sie.

Ein Grollen entsprang seiner Brust und Hitze flammte zwischen ihren Beinen auf.

Sie zitterte vor Erwartung und führte ihn näher heran. „Komm zu mir, Bär. "

Sein Brummen wurde tiefer und sein Schwanz stieß gegen ihre Schamlippen. Sie war feucht genug, dass er direkt hineingleiten konnte, aber verdammt, er machte wieder diese langsame, vorsichtige Sache. Wie seine Routine beim Betreten des Cafés. Dieses Auf-der-Schwelle-Zögern, das Herantreten und Zurückweichen.

„Sag mir nicht, dass du dich jetzt in einen Gentleman verwandelst", stöhnte sie.

Er schüttelte vehement den Kopf. „Keineswegs. Ich schwelge in Bewunderung."

„Bewunderung, wofür?"

Sie hatte Drew noch nie zuvor gierig wirken gesehen und verdammt, es machte sie an.

„Für dich", flüsterte er und strich ihr das Haar aus dem Gesicht.

Er ließ seinen Blick an ihrem Körper hinunterwandern und Hitze brach auf ihrer Haut aus. Er öffnete die Lippen leicht, als er sich auf ihre Brüste konzentrierte, als hätte er nicht schon lange köstliche Minuten damit verbracht, sie zu verehren. Ihre Brustwarzen wurden wieder ganz hart.

„Ich bewundere dich", flüsterte er.

Sie hob ihre Hüfte vom Tisch hoch und stieß sie ihm entgegen, um nach mehr zu verlangen. „Ich brauche dich in mir. Ich brauche dich so sehr."

Sein Gesichtsausdruck veränderte sich von staunend zu verrucht, als er seine riesigen Hände um ihre Hüfte schlang, tief einatmete–

Auch sie holte tief Luft.

– und mit einem einzigen gleichmäßigen Stoß in sie eindrang.

Beim süßen Brennen in ihrem Inneren schrie sie auf. Die Dehnung, das perfekte Gleichgewicht von Lust und Schmerz. „Ja…"

Er zog sich ein paar Zentimeter zurück und rutschte dann wieder tiefer hinein. Ein Stück zurück und zwei hinein – in langsamen Zügen, die sie an die Art und Weise erinnerten, wie er sich ihr im Café näherte. Vorsichtig. Behutsam, als wollte er das Gefühl auskosten.

Er verfiel in einen gleichmäßigen Rhythmus und das Bedürfnis, sich in einen weiteren Rausch zu stürzen, nahm ab. Vielleicht sollte sie es auch genießen. Sie hatte es so eilig gehabt, aber plötzlich wollte sie noch ein oder zwei Stunden mit ihm weiterschaukeln. Sie veränderte den Winkel ihrer Fersen an seinem Hintern und er folgte ihrem Hinweis. Er zog ihren ganzen Körper näher heran und vergrub sich noch tiefer in ihr.

Obwohl ihre Augen geschlossen waren, füllte ein sanftes, weißes Licht ihre Sicht. Der Himmel. Sie war auf dem Weg in den Himmel.

Drew beugte sich über ihren Körper und sein schwerer Atem rauschte in ihren Ohren. Sie konnte sich die Kondensationsstreifen in der kalten Winterluft vorstellen, aber sie spürte nichts als Hitze. Jeder Zentimeter ihres Körpers brannte für ihn.

„Tiefer", murmelte sie. „Härter."

Er war bereits tiefer als jeder andere Mann zuvor und es brannte, aber sie brauchte noch mehr. Und er ebenfalls. Sie spreizte ihre Knie weiter und er zog sie auf seine Schultern, um den perfekten Winkel zu finden.

„Oh..." Fast hätte sie die kleine Silbe wieder und wieder geschrien, jetzt, da Drew an Tempo zugelegt hatte.

Tiefer. Härter, bettelte ihre Wölfin. *Ich will jeden Zentimeter meines Gefährten.*

Als er das nächste Mal nach vorn stieß, spannte sie ihre inneren Muskeln an und verlangsamte sein Eindringen zu einem köstlichen Kriechtempo.

Er stöhnte an ihrem Hals und sie grinste breit.

„Gefällt dir das?"

„Ich liebe es", sagte er mit rauer, heiserer Stimme.

„Dann mach es noch einmal."

Er stützte sich auf seine Ellbogen. *Alles, was du willst.*

Sie starrte ihn an. War das sein Bär, den sie gehört hatte?

Drews Augen glühten mit animalischer Kraft. Ein Blick, den sie bei ihrem ruhigen, zurückhaltenden Bären noch nie gesehen hatte. Ein Blick, den sie ihm gern öfter entlocken würde.

Ein ganzes Leben lang, murmelte ihre Wölfin.

Sie spreizte ihre Hände über die harten Muskeln seines Hinterns und nickte.

„Oh!", stöhnte sie, als er gegen eine Stelle stieß, die er zuvor noch nicht berührt hatte.

„Okay?", fragte er durch sein nächstes Stöhnen.

Macht er Witze? „Okay ist nicht das richtige Wort."

Das gefiel ihm. Sie konnte es am Funkeln in seinen Augen erkennen und an den nach oben gezogenen Mundwinkeln. Und verdammt, wie sehr sie diese Version ihres Bären liebte. Nun, sie liebte beide Versionen, aber diese Seite an ihm war wilder. Unanständiger. Fordernder. Sie würde dafür sorgen müssen, dass Drew öfter heiß und nackt wäre.

„Gib acht, was du dir wünschst", neckte er sie und las ihre Gedanken.

„Achtgeben, hört sich gut an." Sie neigte ihr Kinn an ihre Brust und richtete ihren Blick auf den Punkt, wo sie miteinander verbunden waren. Es fühlte sich köstlich schmutzig an, ihn dabei zu beobachten, wie er sich in ihr bewegte.

Vielleicht entdeckten sie beide gerade ihre wilden Seiten. Ein Dutzend ehrgeiziger Stellungen schossen ihr durch den Kopf. Wie Drew, der sie gegen eine Wand presste, während er in sie stieß. Oder wie sie sich vor ihm auf die Knie fallen ließ und ihn in den Mund nahm. Oder wie sie in einer Verfolgungsjagd der besten Art durch den Wald rannten. Oder... oder...

In diesem Moment wurde ihr bewusst, dass sie nur eines wollte – und zwar das Hier und Jetzt.

Wir heben uns die anderen Ideen für später auf, grinste ihre Wölfin.

Drew zog sich zurück und wartete an ihrem Eingang. Sie erschauderte, als sie sah, wie sein dicker Schwanz Stück für Stück pulsierend aus ihr auftauchte. Sein Schaft glitzerte und er packte ihre Hüfte fester mit den Händen.

Gott, er war ein Kunstwerk. Und Mann, war er groß.

Groß, aber er passt perfekt, fügte ihre Wölfin hinzu.

„So gut", sagte er und stieß bis zum Anschlag in sie hinein. Sie keuchte und hielt sich fest. Es war mehr als gut. Es war wie Blitze, Feuer und Donner für ihre Seele.

„Noch einmal, bitte. Bitte mach das noch einmal."

Er zog sich zurück, hämmerte wieder hinein und biss die Zähne zusammen.

„Hör' nicht auf. Bitte höre nicht auf." Sie umklammerte seine Schultern und grub ihre Fersen in seinen Hintern.

Er entzog sich ihr und seine Augen blitzten mit einem Blick auf, der sagte, *Ich will niemals aufhören.*

Sie schluckte und klammerte ihre Beine um ihn. „Mehr."

„Mehr", antwortete er mit heiserer Stimme und gab es ihr. Seine Stöße wurden schneller und härter. Und auch ruckartiger, als er langsam die Kontrolle verlor. Ihr entwichen Geräusche – verzweifeltes, kleines Miauen wie von einem gierigen Kätzchen.

Drew stieß immer schneller und sie wäre bei jeder Bewegung über den Picknicktisch gerutscht, hätte er sie nicht so festgehalten. Er zog ihr rechtes Bein höher, veränderte den Winkel und sie schrie auf, als er gegen eine ganz neue Stelle stieß.

Der Schrei hätte auch von Drew kommen können. Sie konnte es nicht sagen, denn ihre Ohren rauschten erneut mit diesem tosenden Geräusch und ihr ganzer Körper drohte zu schmelzen.

„Mehr", bettelte sie, obwohl sie sich sicher war, dass sie jeden Moment explodieren würde.

Seine Augen flackerten mit einem tief empfundenen Heißhunger auf und Schweiß brach auf seiner Stirn aus.

„Drew..." Sie stemmte sich ihm entgegen, als er sich mit voller Kraft in ihr versenkte, so dass es eher ein Klatschen als ein Gleiten war.

Sie warf den Kopf zurück, während sich jeder Muskel in ihrem Körper kurz vor ihrer Erlösung zusammenzog. Spürte er den Druck auch? Sah er das blendende Licht, das in jedem Winkel ihres Körpers schien und sie so unglaublich lebendig fühlen ließ?

Mit einem Stöhnen stieß er ein weiteres Mal zu.

Sie keuchte, als ihr ganzer Körper von unerträglicher Lust bebte. Auch Drew zitterte und er kam kurz nach ihr. Seine Hitze breitete sich in ihr aus, während ihr Körper sang, tanzte und tobte.

„Ja…“ Sie schloss die Augen, um diesen Moment in ihr Gedächtnis einzubrennen. Die Hitze seines Körpers in ihrem. Der feste Griff seiner Hände an ihrer Taille.

Ja, heulte ihre Wölfin und ihre Reißzähne pressten gegen die Innenseite ihres Zahnfleisches. Sie bettelten darum, entfesselt zu werden. Sie ertappte sich dabei, seinen Hals zu beäugen und zu überlegen, wo sie zubeißen sollte. Ein Paarungsbiss. Eine Bindung, die ihn für immer zu ihrem machen würde.

Auch Drew musterte ihren Hals und sie sah, wie sein Bär um die Kontrolle rang.

Ja, hätte sie schwören können, das Biest in ihm murmeln zu hören. *Ein Paarungsbiss. Lass mich dich zu der Meinen machen.*

Seine Nasenlöcher bebten und sie hätte fast einladend den Kopf zurückgeworfen. *Nimm mich in Besitz, Drew. Für immer.*

Aber eine Eule heulte und ein Hauch von Schneestaub rieselte von einem der Äste über ihnen herab. Eine Erinnerung an die harsche Realität um sie herum.

„Das dürfen wir nicht“, krächzte er und kam ebenfalls zur Besinnung. „Noch nicht.“

Das *Noch* war der einzige Teil des Satzes, der ihr gefiel. Aber er hatte recht. Sie riskierten bereits zu viel, indem sie sich auf diese Weise trafen.

Sie schlang ihre Hand um seine Wange und küsste ihn lange und intensiv.

„Noch nicht, aber eines Tages…“

Er nickte und schmiegte sich enger an sie. „Schon bald.“

Sie schaute in den Himmel und seufzte. Die Sterne schienen heller, die Luft kühler, die Nacht dunkler als zuvor. Lag es an ihr, dass sie sich lebendiger fühlte oder hatte sich das Universum auch verändert?

„Komm mit.“ Drew löste sich von ihr.

„Warte“, protestierte sie. Sie liebte das Gewicht seines Körpers auf ihrem. Sie liebte die Nähe und die Art und Weise, wie sich seine Brust an ihrer hob und senkte.

„Ich verspreche dir, es wird sich lohnen.“ Er zog sie auf die Beine.

Sie zitterte, weil sie die Kälte zum ersten Mal spürte. „Wohin gehen wir?"

„Das wirst du schon sehen." Er hielt seine Hand fest um ihre geschlungen, als er sie den Pfad hinunterführte.

Die Nacht war kristallklar, aber der Wald war in Nebel gehüllt und sie zögerte. Was verbarg sich dort hinten außerhalb ihrer Sichtweite?

„Vertraue mir", murmelte er.

Sie zögerte einen Sekundenbruchteil und gab dann nach. Natürlich konnte sie ihrem Gefährten vertrauen.

„Du glaubst doch nicht, dass ich dich wegen der Picknicktische hierhergebracht habe, oder?"

Nun, das machte sie neugierig. „Der Picknicktisch hat mir gefallen. Tatsächlich habe ich ihn sogar geliebt."

Er drückte ihre Hand. „Ich auch. Aber das hier ist noch besser. Ich verspreche es."

Ein paar Schritte weiter und sie konnte durch die kondensierende Hexenbrühe kaum etwas sehen. Sie klammerte sich fester an seine Hand als zuvor.

„Ähm, Drew..."

„Hier." Er zeigte auf einen Holzrahmen, der ein flaches Quadrat Erde absteckte.

Sie schaut genauer hin. Moment mal, das war keine Erde. Es war Wasser, und es dampfte.

„Heiße Quellen." Drew flüsterte durch den Nebel.

Die Anspannung in ihren Schultern verschwand und sie lachte laut auf. „Heiße Quellen?" Vielleicht war ihr Bär abenteuerlustiger, als sie dachte.

„Komm schon", sagte er.

Sie ließ sich in das dampfende Wasser sinken und kommentierte die Wärme mit *ohhs* und *ahhs*.

„Nicht schlecht, was?", fragte er.

„Nicht schlecht", stimmte sie zu und rutschte näher heran.

Drew setzte sich auf die in dem Pool eingelassene Bank und sie machte es sich auf seinem Schoß bequem.

„Nicht schlecht", murmelte sie. Sein Schwanz zuckte gegen ihr Geschlecht und sie presste sich an ihn, weil sie plötzlich mehr wollte.

„Nicht schlecht", flüsterte er und hielt ihre Hüfte fest.

Eine Sekunde später waren sie wieder miteinander verbunden, schaukelten und schwitzten, und murmelten vor Vergnügen. Drew leckte über ihre Brustwarze, was sie so unglaublich erregte. Sie bewegte sich immer schneller und härter auf ihm und als er seinen Kopf ganz nach hinten sinken ließ, tat sie es ihm gleich.

„Ja...", murmelte sie, als er sie ausfüllte wie noch kein Mann zuvor.

„Ja..." Er überließ ihr für eine weitere glorreiche Minute die Führung. Dann stand er mit einem mächtigen Plätschern auf und zog sie mit sich aus dem Wasser.

„Lass mich nach oben", knurrte er und legte sie auf den Holzrahmen.

Sie schlang ihre Arme und Beine um ihn und stemmte sich unter ihm hoch, um seinem Körper entgegenzukommen.

„Summer", murmelte er, als er in sie eindrang.

Er sagte ihren Namen wieder und wieder, während er sie in einen weiteren unglaublichen Rausch versetzte.

„Summer", hauchte er danach und hielt sie fest.

„Gefährte", flüsterte sie und spürte zum ersten Mal die volle Bedeutung des Wortes.

Ja, er war ein Bär. Ja, sie spielten mit dem Feuer, weil sie es so weit kommen ließen.

Und nein, sie würde es niemals bereuen. Ganz gleich, was vor ihr lag.

Kapitel 8

„Bis bald", flüsterte Summer eine Stunde später, als sie sich aus der Glückseligkeit in die Realität zurückzwangen.

Wenn sie die heißen Quellen doch nur nicht verlassen müssten, wo sie sich wie ein paar Jungtiere in einer gemütlichen Höhle aneinandergeschmiegt hatten.

Wir müssen nicht gehen, hatte ihre Wölfin geflüstert. *Wir können für immer hierbleiben.*

Nein, das konnte sie nicht. Sie musste nach Hope Springs zurückkehren und sehen, wie der Kampf ausgegangen war. Sie musste Mett suchen und herausfinden, was er vorhatte.

Drews Augen schimmerten in einer Mischung aus unerschütterlichem Pflichtgefühl und purer Trauer. „Ich will auch nicht gehen. Aber wir müssen es tun."

Sie entfernten sich langsam voneinander und schmiedeten einen groben Plan, der damit begann, sich heftig im Wasser abzuschrubben. Auf gar keinen Fall durften sie auch nur einen Hauch des Geruchs des anderen zum Wolfsrudel zurücktragen.

Er schnitt eine Grimasse. „Ich kann auf dem Rückweg in einer Kneipe anhalten und dafür sorgen, dass ich nach Alkohol und Rauch stinke."

Sie nickte. „Ich werde mich in jedem Stinktierbusch wälzen, den ich finden kann."

Verlasse ihn nicht! heulte ihre Wölfin.

Aber sie musste es tun. Sie stand kurz davor, ihre Mission zu beenden. Sie waren so nah dran, herauszufinden, wie es in Zukunft in Hope Springs zugehen würde. Sie konnte sich nicht erlauben, jetzt aufzugeben. Noch nicht einmal für ihren Gefährten.

„Bis bald", flüsterte sie.

Beide standen eine lange Zeit da und schauten sich an. Schließlich verwandelte sich Summer in ihre Wolfsgestalt und zwang sich mit einem kräftigen Schütteln ihres Fells zum Gehen.

Sie hatte kein Auge zugetan, aber Angst und Neugierde hatten sie gepackt. Sobald sie außerhalb Drews Sichtweite war, raste sie wie eine Besessene los. Hatte jemand in Hope Springs ihre Abwesenheit bemerkt? Was war bei dem Kampf geschehen? Was würde als Nächstes passieren?

Drew hatte ihr von dem anonymen Hilferuf erzählt, den der Saloon erhalten hatte. Gab es tatsächlich jemanden, der die Blue Blood-Bewegung ein für alle Mal auslöschen wollte? Und wenn ja, wer? Thomas? Einer der Ältesten? Jemand anderes, der bisher auf sich warten ließ? Oder war es eine List?

Aber das Wichtigste zuerst. Sie wusste nicht einmal, wer von den Anwärtern den Kampf um die Alphaposition gewonnen hatte. Je länger sie darüber nachdachte, desto schneller lief sie, weil sie es unbedingt herausfinden wollte. Sie rannte zügig und zielstrebig und ließ in ihrem Tempo nicht nach, bis sie die letzte Anhöhe erklommen hatte und bei der Aussicht, die sich ihr bot, stehen blieb. Die Sonne tauchte soeben am Horizont auf und verlieh dem Ansatz des Himmels einen rosagelben Schein. Die Landschaft erstreckte sich, so weit das Auge reichte, und ein einziges Scheinwerferpaar markierte zu dieser einsamen Stunde den Highway. Die Berge stiegen von Süden nach Norden an und in den felsigen Steilhängen zeichneten sich farbige Streifen ab, die das Wirken der Natur über Jahrtausende hinweg erkennbar machten. Es war wunderschön. Atemberaubend schön.

Doch als sie sich auf die staubige Siedlung von Hope Springs konzentrierte, verzog sie das Gesicht zu harten Linien. Dieser Ort sah so friedlich aus, aber sie wusste, dass er alles andere als friedlich war. Sie schnupperte und nahm den Geruch von Wolfsmoschus selbst aus einem halben Kilometer Entfernung wahr. Kein Wunder, wenn man bedachte, wie die Kämpfe das Testosteron aller Männer in die Höhe trieben – nicht nur das der Kämpfer selbst, sondern auch das der Zuschauer. Die Arena war größtenteils verlassen, doch zwei Fackeln flackerten noch immer schwach. Daneben funkelte die letzte Glut eines Lagerfeuers, das die Nachricht des neuen Alphas in die Welt hinausposaunte.

Welcher Alpha? wollte sie schreien. Wer hatte gewonnen? Die Logik sagte ihr, dass es Thomas sein musste, aber Veteranen wie Dryver sollte man nicht unterschätzen. Sie schüttelte sich erneut, joggte den Hang hinunter, bog um eine Ecke–

Und stieß direkt mit Mett zusammen.

Sie zuckte sofort zurück und er schaute sie mit zusammengekniffenen Augen an.

„Ich habe dich überall gesucht", bellte er.

Ja, nun, ich habe dich gemieden wie die Pest, hätte sie am liebsten gesagt.

„Ich musste wirklich laufen gehen", erklärte sie und hielt sich, so weit es ging, an die Wahrheit. „Aber ich habe mich verlaufen."

Als ob ich mich jemals verlaufen würde, schniefte ihre Wölfin.

Sie brachte sie zum Schweigen, bevor die Lüge aufflog, und ließ ihren Blick von Metts blutunterlaufenen, verkatert wirkenden Augen sinken. Sollte er doch denken, dass es ihr leidtat oder dass sie kleinlaut war. Er sollte ruhig alles denken, was nötig war, um ihre Mission durchzuziehen.

„Du hast den Kampf verpasst." Gretchen kam auf sie zu und runzelte missbilligend die Stirn.

„Ich habe schon genügend Kämpfe gesehen." Summer zwang sich, die ältere Frau nicht anzufunkeln.

„Und beinahe hättest du die Versammlung verpasst." Mett packte ihren Arm so fest, dass seine Fingernägel sich in ihre Haut bohrten.

Sie unterdrücke einen Aufschrei – und die Ohrfeige, die sie ihm am liebsten verpasst hätte.

„Versammlung?" Sie schaute sich um.

Deshalb schien es hier so ruhig zu sein. Fast alle waren in der Scheune und die letzten Nachzügler eilten ebenfalls in diese Richtung.

„Du kannst bei uns sitzen." Gretchens Worte waren ein Befehl und keine Einladung.

Summer überlegte gerade, wie sie sich am besten von den beiden entfernen könnte, als neben ihr eine tiefe Stimme erklang.

„Ein Kuss für den Sieger?"

Sie wirbelte herum und Thomas stand vor ihr. Er hatte also gewonnen. Er sah abgekämpft und doch triumphierend aus und seine Augen funkelten. Und wow – nicht nur wegen des Sieges. Seine Augen funkelten, weil er *sie* sah.

Scheiße, scheiße, scheiße.

„Ähm... äh... ", stotterte sie. Wie sollte sie aus alledem herauskommen? Die Hälfte der Frauen im Rudel hätten sich in diesem Moment in ihre Lage gewünscht, aber Summer wurde es einfach nur schlecht. Sie wollte Thomas genauso wenig, wie sie Mett wollte. Sie wollte Drew. Nur Drew. Für immer.

Aber Thomas hatte Mett bereits zur Seite gestoßen – den vor Wut brodelnden, rotgesichtigen Mett – und beugte sich so nahe zu ihr, dass sie keine andere Wahl hatte, als ihm einen Kuss auf die Wange zu geben. Er roch nach Rasierschaum und Lederpolitur, wie ein Cowboy, der sich gerade frisch gemacht hatte. Wirklich nicht schlecht, aber nicht mit Drew vergleichbar.

In der ersten Sekunde war Thomas eine warme, sanfte Präsenz an ihrer Seite, aber einen Moment später versteifte er sich. Scheiße – hatte er Drews Geruch wahrgenommen? War ihre Tarnung aufgeflogen?

„Ähm, was ist denn hier los?" Sie zog sich schnell zurück und deutete auf die Leute, die zur Scheune eilten.

„Ich habe eine Versammlung einberufen." Thomas sah sie mit zusammengekniffenen Augen an und seine Nasenflügel bebten.

Sie zitterte innerlich. Sie hatte sich Mühe gegeben, jede Spur von Drews Geruch zu beseitigen, aber ein Mädchen konnte nicht die ganze Nacht in Ekstase schweben und dann vollständig verbergen, was sie getan hatte. Strahlte sie immer noch mit diesem verräterischen Glühen, mit dem schläfrigen Duft der Glückseligkeit?

Sie versuchte, das Thema zu wechseln. „Eine Versammlung? Mit wem?"

„Ich habe einen Aufruf an alle Rudel in Utah, Colorado, Arizona, New Mexiko und Nevada gerichtet", sagte Thomas und sah dabei ganz und gar wie ein mächtiger Alpha aus.

„Ich verstehe nicht, warum wir Außenstehende brauchen, die sich in unsere Angelegenheiten einmischen", brummte Gretchen.

Thomas ignorierte sie, verschränkte seinen Arm mit Summers und schritt in Richtung Scheune. Sie folgte und versuchte, ihre Panik zu unterdrücken. Das Letzte, was sie brauchte, war ein unbekannter Alpha, der seinen Anspruch auf sie erhob. Thomas hatte bereits die Kontrolle über das Rudel an sich gerissen. Wer wusste, was er als Nächstes in Besitz nehmen würde?

Aus den Augenwinkeln sah Summer, wie ein steifer, stark angeschlagener Dryver von seinen Männern in seinen Transporter gehievt wurde.

„Du hättest ihn töten sollen", brummte Gretchen. Die Frau klebte wie ein Blutegel an ihrer Seite und Thomas' Gesichtsausdruck nach zu urteilen, empfand er sie ebenfalls als lästig.

„Es gibt keinen Grund, einen guten Mann zu töten", sagte er. Summer fragte sich, was er unter einem *guten Mann* verstand. Gut, solange er sich nicht mit anderen Arten von Gestaltwandlern einließ? Emmett Whyte schien auch ziemlich normal, solange er sich in reiner Wolfsgesellschaft befand. Wer wusste also, was Thomas damit meinte?

Sie ging mit neutraler Miene weiter und hielt ihren Blick auf den Boden gerichtet. Thomas ließ sie erst los, als sie das Scheunentor erreichten. Sobald sie hindurchtraten, drängte sie sich an die Seite. Sie brauchte eine Minute, um sich nach dem hellen Licht des Tagesanbruchs draußen an das schummrige Innere zu gewöhnen, aber ihr stiegen sofort die Gerüche dutzender Gestaltwandler in die Nase. Einige waren ihr bekannt, andere unbekannt.

„Wow, sie sind alle hier", murmelte jemand in der Nähe.

Sie blinzelte und schaute sich um. Wer waren *sie*?

„Connor Davis vom Las Alamitos Rudel", wies ein Mann seinen Freund auf den Alpha hin. „Jack Hunter vom Indien

Rich. Roric vom Westend Rudel", fuhr der Mann fort und nannte eine Handvoll anderer.

„Wow. Sind sie die ganze Nacht durchgefahren?", konnte Summer sich nicht verkneifen zu flüstern.

„Wo bist du gewesen, Mädchen?", schimpfte eine andere Person.

Ich habe die ganze Nacht mit meinem Gefährten gevögelt, schnurrte ihre innere Wölfin.

„Es wird gemunkelt, dass Thomas den Aufruf gestern vor dem Kampf ausgesandt hat. Eingebildeter Scheißkerl."

Sie schaute Thomas an, der sich mit einem der Ältesten unterhielt. Eingebildet war nicht das richtige Wort. Selbstbewusst, ja, aber auch vorsichtig. Ein sorgfältiger Planer, der wenig dem Zufall überließ. Wenn er seine Karten doch nur offen auf den Tisch legen würde.

„Wer hätte das gedacht", fuhr der Mann fort. „Da ist dieser Bär schon wieder zurück."

Sie riss den Kopf hoch und holte scharf Luft, als Drew durch eine Tür auf der gegenüberliegenden Seite eintrat. Die Menge murmelte und mehrere Wolfsgestaltwandler wichen vorsichtshalber aus der Reichweite seiner Klauen zurück.

Gefährte! schrie ihre Wölfin. *Gefährte!*

Ihre Blicke trafen sich und für den Zeitraum eines Herzschlags wurde sie in die Magie der vergangenen Nacht zurückversetzt. Dieses Gefühl der Sicherheit, der unsterblichen Liebe. Seine perfekten Lippen zuckten und sie lächelte, als sie sich an sein Flüstern und seine süßen Liebkosungen erinnerte.

Dann – scheiße – zwang sie das Lächeln von ihrem Gesicht und wandte den Blick ab. Drew tat es ebenfalls. Es war nur der Bruchteil einer Sekunde, aber wenn es jemand bemerkt hatte...

Sie schaute sich um, aber alle Augen schienen auf Thomas und die Ältesten an der Vorderseite gerichtet zu sein. Sie atmete aus–

Dann erstarrte sie, als sie Thomas entdeckte, der sie anstarrte. Sein Blick glitt zu Drew hinüber und dann wieder zu ihr.

Das Herz schlug ihr bis zum Hals. Ihre Füße fühlten sich an, als würden sie am Boden kleben. Schnell berechnete sie die Entfernung zur Tür. Thomas hatte ihre Verbindung zu Drew durchschaut. Und verdammt, er sah wütend aus.

Sie erwartete, dass er schreien und Alarm schlagen würde, aber er starrte sie einfach nur an. Und starrte und starrte – mit einem Blick, der sich fast in ihre Seele bohrte.

Sie wartete darauf, dass ihre Tarnung aufflog, aber Thomas sagte nichts.

Noch nicht.

Er könnte alles ruinieren. Er könnte die Menge im Handumdrehen gegen sie und Drew aufwiegeln. Selbst ihr mächtiger Bär hätte keine Chance gegen Dutzende von empörten Wölfen. Drew würde in Stücke gerissen und sie... scheiße. Sie hätte Glück, wenn sie nur in Stücke gerissen würde. Wenn sie Pech hatte, würde sie verschont bleiben und gezwungen werden, sich mit Thomas zu verpaaren. Sie hatte das Interesse in seinen Augen gesehen und Geschichten von mächtigen Alphas gehört, die sich nahmen, was und wen auch immer sie wollten.

Sie wollte sich gerade umdrehen und fliehen, als sich sein Gesichtsausdruck von wütend zu... traurig wandelte?

Hältst du so wenig von mir? Sie konnte seine Gedanken nicht hören, aber sie konnte sie auf seinem Gesicht lesen.

Sie wusste nicht, was sie denken sollte. Sie wollte nur Drew. Und Frieden. Frieden in ihrer Seele und Frieden für die gesamte Gestaltwandlerwelt.

„Die Versammlung wird zur Ordnung gerufen", verkündete einer der Ältesten.

Thomas wandte sich von ihr ab und hob seine Hände, um der Menge zu signalisieren, dass sie zuhören sollte. Er wartete, bis es im Raum so still wurde, dass sie den Atem des Mannes neben sich hören konnte.

Sie spürte auch Drews Blick auf sich, und Gott sei Dank war er da. Es war das Einzige, was sie davon abhielt, zur Tür hinauszustürmen. Würde Thomas die Liebe zweier Gestaltwandler unterschiedlicher Spezies tatsächlich nicht herausfordern?

Thomas sprach mit einer Stimme, die voller Kraft und Entschlossenheit war. „Als neuer Alpha des Hope Springs Rudels habe ich die großen Rudel des Südwestens einberufen.“

Kein Wunder, dass sich so viele Neulinge im Raum befanden. Thomas hatte sie nicht nur als Zeugen für den Beginn seiner Herrschaft, sondern auch für eine große Ankündigung herbeigerufen. Der Raum kribbelte erwartungsvoll, während ein Dutzend gestandener Alphas zusah.

„Dieses Rudel hat sich einen Namen gemacht... “

Thomas hielt inne, als ein Mann auf Zehenspitzen auf ihn zukam und ihm etwas ins Ohr flüsterte. Eine Sekunde später flog das Scheunentor auf und alle rissen die Köpfe herum.

„Heilige Scheiße“, flüsterte jemand.

„Verdammt. “

„Mann oh Mann. “

Sogar Summer starrte.

„Die Wölfe der Twin Moon Ranch“, rief jemand.

Fünf imposante Gestaltwandler drängten sich durch die Tür. Groß. Bedrohlich. Übellaunig.

Tyler Hawthorne, der große Alpha des Twin Moon Rudels, brachte den Raum zum Schweigen. Neben ihm stand ein ebenso imposanter Mann – Lance, der Wolfskojoten-Spurensucher. Summer hatte ihn schon ein paarmal im Saloon getroffen. Flankiert wurden sie von ihren Gefährtinnen. Zwei Frauen, die direkt aus dem Geschichtsbuch über Amazonenkriegerinnen hätten entspringen können, so wild sahen sie aus. Eine trug sogar einen Bogen.

„Die Meisterjägerin... “, murmelte jemand voller Ehrfurcht.

Summer hatte sie alle kennengelernt, aber verdammt. Im Saloon waren sie nette freundliche Leute gewesen. Jetzt versprühten sie rohe bedrohliche Macht und kaum gezähmte Wut.

Hinter den vier Wölfen füllte der massige Schmied des Rudels den Türrahmen aus. Ein Wildschweingestaltwandler – einer der sanftmütigsten, freundlichsten Männer, die Summer je getroffen hatte. Aber nicht jetzt. Heiliger Strohsack, nicht jetzt.

„Lasst euch von uns nicht stören“, knurrte Tyler Hawthorne, als die fünf dort standen. Er machte deutlich, dass das mächtigste Rudel des Südwestens ein Auge auf Hope Springs haben würde.

Summer zitterte und verdammt, die Hälfte der versammelten Menge tat es ebenso. Waren ihre Freunde aus dem Blue Moon Saloon ebenfalls in der Nähe? Und Mist, wenn Thomas' Ankündigung ihnen nicht gefiel, was würden sie dann tun?

Thomas schien die einzige Person im Raum zu sein, die nicht blinzelte. Er nickte Tyler Hawthorne einfach zu und fuhr fort.

„Das Hope Springs Rudel hat sich auf eine Art und Weise einen Namen gemacht, die kein ehrlicher Gestaltwandler unterstützen sollte."

Ein Raunen ging durch die Menge und Summers Puls raste.

Thomas war einer der Guten?

Er ließ einen mächtigen Blick über jeden Gestaltwandler im Raum gleiten. „Eher auf eine Weise, für die man sich schämen sollte. Zu wenige haben ihre Stimme gegen die Männer erhoben, die unschuldige Gestaltwandler, die nichts verbrochen hatten, angegriffen haben. Zu wenige haben sich gewehrt."

Summer ließ den Kopf hängen. Und sie war nicht die Einzige.

„Ich weiß, dass viele von euch das Vorgehen der Whytes missbilligten", fuhr Thomas fort.

Gretchen funkelte ihn an, aber sie hielt den Mund.

„Aber habt ihr gehandelt?", fragte Thomas. „Habt ihr euch zu Wort gemeldet?"

Er ließ die Frage in der Luft hängen und der Raum wurde von leise zu schmerzhaft still, als klar wurde, dass die Frage nicht rhetorisch gewesen war. Der Alpha erwartete eine Antwort. Geständnisse.

Summer verstand, dass die Rudelmitglieder mit ihrer Vergangenheit ins Reine kommen und sich ihr stellen mussten. Aber verdammt. Wer würde den Mut haben, zuerst das Wort zu ergreifen?

Dielen knarrten, während die Menge nervös auf den Füßen wippte. Thomas' Stirnrunzeln wurde immer tiefer. Ein Spatz flatterte durch den Dachvorsprung und das Flüstern seiner Flügel klang in der Stille wie Gebrüll.

„Ich habe nicht gehandelt“, sagte Summer leise. Nun, sie wollte es eigentlich leise sagen, aber die Worte kamen laut und klar heraus. „Ich habe mich nicht zu Wort gemeldet.“

Alle drehten sich um und ihre Blicke bohrten sich in sie. Das Mädchen, das niemand je beachtet hatte, stand plötzlich im Mittelpunkt der Aufmerksamkeit.

Ihre Knie schlotterten. Verdammt.

Sie holte tief Luft. Sie konzentrierte sich auf Drew und tat so, als wäre er der Einzige, der anwesend war.

Du musst das nicht tun, sagten seine Augen.

Oh, doch sie musste es. Sie wäre nicht in der Lage, sich eine Zukunft mit ihm aufzubauen, wenn sie sich ihre Reue jetzt nicht von der Seele redete.

„Ich habe Emmett geholfen, seine Opfer aufzuspüren. Ich habe geholfen, seine Überfälle zu planen.“

Ein älterer Mann betrachtete sie mit traurigem Blick, der zu sagen schien, *Aber Liebes. Du bist noch so jung. Es war nicht deine Schuld.*

Sie schüttelte den Kopf. „Am Anfang wusste ich nicht, was sie taten. Aber ich habe nie gefragt, warum. Ich habe nie wirklich darüber nachgedacht, was tatsächlich vor sich ging.“ Ihre Stimme drohte zu brechen und sie räusperte sich. „Und das macht mich genauso schuldig.“ Und Gott, sie spürte die Schuld. Jeden Tag. Jede Nacht.

Sie schaute sich im Raum um und erwartete böse Blicke. Aber die anderen hatten ihren Blick entweder zu Boden gesenkt oder nickten zustimmend.

„Ich wusste, dass es so nicht weitergehen konnte, aber ich konnte nur daran denken, wegzulaufen. Ich habe nur an mich gedacht.“

Drew schaute sie an und schüttelte den Kopf. Die Jungtiere. Du hast die Bärenjungen gerettet.

Das war nicht der Punkt. Verstand er es denn nicht?

Sie wollte es gerade laut sagen, als eine starke, klare Stimme ertönte und den Raum ausfüllte. Es war Lana Dixon, Tylers Gefährtin. Eine Frau mit einer ebenso mächtigen Präsenz wie ihr Gefährte.

„Du hast dazu beigetragen, sie aufzuhalten. Du hattest den Mut, dich zu widersetzen.“

„Nicht am Anfang. Am Anfang nicht.“

„Eine einzelne Person kann einen führerlosen Zug nicht aufhalten. Aber eine mutige Person kann trotzdem handeln. Und das hast du getan. Was du getan hast, hat geholfen, die Blue Bloods zu besiegen.“

Mutig. Hatte Lana Dixon, die knallharte Alphawölfin des Twin Moon Rudels, sie gerade mutig genannt? Summer drückte die Knie durch, bevor ihre Beine unter ihr nachgeben konnten.

„Auch mutig genug, um als Erste zu sprechen.“ Thomas nickte.

Heilige Scheiße. Der neue Alpha eines Rudels machte ein positives Beispiel aus ihr.

Thomas schaute sich mit grimmigem Blick in der Menge um. „Es geht hier nicht um Schuldzuweisungen. Es geht darum, reinen Tisch zu machen. Wir können uns nicht darauf konzentrieren, unsere Zukunft aufzubauen, wenn wir uns nicht zuerst der Vergangenheit stellen.“ Er hielt inne und schaute sich jeden Einzelnen nacheinander an. „Also, wer noch?“

Die Menge wurde unruhig, doch dann ergriff ein alter Mann das Wort. „Ich war von Anfang an dagegen, aber sie haben nicht auf mich gehört. Und dann habe ich einfach aufgegeben...“

Ein jüngerer Wolf meldete sich zu Wort und schluckte schwer. „Wenn ich mir nicht das Bein verletzt hätte, wäre ich bei ihrem letzten Angriff dabeigewesen. Ich wollte mitgehen. Ich habe es nicht richtig durchdacht.“

Immer mehr Menschen meldeten sich zumeist in gedämpften, leisen Tönen zu Wort. Ihre Schultern hingen hinunter und die Gesichter waren schwer gezeichnet. Einige schwiegen und starrten zu Boden, aber Summer machte sich keine Sorgen um sie. Sie waren der Typ, der einem starken Anführer folgen würde. Und solange dieser Anführer kein Whyte war...

Sie warf einen Blick in Metts Richtung, aber auch seine Augen waren nach unten gerichtet. Sie konnte Gretchen in der Menge nicht sehen, aber was konnte Gretchen jetzt noch tun, außer zu schweigen? Ihre mächtigen Brüder waren für ihre kranken Ideen gestorben.

Als der Raum wieder still wurde, ertönte Thomas' Stimme. „Wer dagegen ist, dass wir das alles hinter uns lassen, soll jetzt sprechen." Die Stille, die sich unbehaglich ausbreitete, war das Todesurteil für die Blue Blood-Bewegung.

„Diejenigen, die direkt an den Morden beteiligt waren, sind tot. Und wir haben eine Zukunft aufzubauen", sagte Thomas. „Eine Zukunft, in der wir uns darauf konzentrieren, dieses Rudel auf friedliche und ehrliche Weise wieder aufzubauen."

Sie warf Drew einen Blick zu, der sie von der anderen Seite des Raumes angrinste. *Es ist vorbei. Es ist geschafft.*

Ihre Knie wurden nun tatsächlich weich und als die anwesenden Alphas sich zu Wort meldeten, um Thomas ihre Unterstützung zuzusichern – ein weiteres Ritual, das Stunden dauern konnte –, drängte sich Summer zur Tür hinaus.

Die Sonnenstrahlen tanzten spürbar über ihre Haut und die Angst, die ihren Körper zuvor frösteln ließ, wich langsam einem warmen Gefühl des Friedens. Einem Gefühl der Erleichterung.

Sie drückte ihre Hände auf die Knie, schloss die Augen und erinnerte sich an Drews Worte.

Es ist vorbei. Es ist geschafft.

In dem Moment, in dem sich Summer über ihre Knie beugte, weinte sie. Sie zitterte. Schluchzte. Es tat weh, sich von so viel Schuld und Angst loszulösen –, aber es fühlte sich auch gut an. Also hielt sie ihre Gefühle nicht länger zurück. Sie hätte es wahrscheinlich auch nicht gekonnt, wenn sie es versuchte. Und wenn sie jemand sah, wie sie wie ein Häufchen Elend dort hockte, was machte das schon aus? Es war vorbei. Endlich war es vorbei.

Als ihre Tränen versiegten, rieb sie sich die letzten Dämonen aus den Augen und neigte den Kopf in die Richtung der Sonne. Ein neuer Tag. Ein neuer Anfang. Sie konnte ihr Leben noch einmal von vorn beginnen. Mit Drew.

Die Morgenluft roch frisch und hoffnungsvoll, als ob sich der Frühling hinter der nächsten Ecke versteckte und bereit war, herauszuspringen und *Überraschung!* zu rufen. Als ob jede

Blume in der Wüste kurz davor stände zu erblühen. Ein Kolibri sauste in einem Blitz aus Grün und Gold vorbei und irgendwo in der Ferne gurrte eine Trauertaube.

Sie seufzte und schloss erneut die Augen. Frieden. Eine unbezahlbare Sache. Frieden außerhalb und Frieden im Inneren.

Sie war so sehr in ihre müde Erleichterung versunken, dass sie auf das Scharren von Schuhen in der Nähe nicht sofort reagierte.

„Schlampe." Eine Stimme schnitt wie ein Messer durch die stille Luft. „Worüber grinst du so?"

Kapitel 9

Summer zuckte zusammen, aber es war zu spät. Eine starke Hand umklammerte ihren Arm und eine weitere wurde auf ihren Mund geschlagen. Der überwältigende Geruch von Kautabak strömte in ihre Nase.

Mett. Heilige Scheiße. Jetzt?

„Ich werde dir einen Grund zum Grinsen geben, Schlampe." Er zog sie halb mit sich und stieß sie halb von der Scheune weg.

„Beeil dich", grunzte jemand anderes.

Um sie herum waren Schritte zu hören. Verdammt, Mett war nicht allein.

Als er sie vorwärtsdrängte, erhaschte sie flüchtige Blicke auf die hasserfüllten Gesichter von Gretchens Söhnen. Gretchens nicht gerade intelligente, blutrünstige Söhne. Sie waren nicht unter denen gewesen, die bei dem Treffen ihr Bedauern zum Ausdruck gebracht hatten. So viel war sicher.

Sie versuchte, ihre Fersen in den Boden zu graben, aber sie wurde einfach weitergezogen. Mett war zu stark und sie war zu erschöpft. Er hatte sie in einem schwachen Moment erwischt, nachdem sie wochenlang gezwungen war, stark zu sein. Und plötzlich hatte sie kein Fünkchen Energie mehr.

Das musst du, zischte eine Stimme in ihrem Hinterkopf. *Du musst, wenn du überleben willst.*

Sie biss in die Hand, die er ihr über den Mund presste, aber er gab ihr einfach nur eine Ohrfeige.

„Verräterin." Mett bohrte seine Fingernägel in ihren Arm und sie schrie auf. „Hure. Mach es nicht noch schlimmer für dich."

Schlimmer? Wie könnte es denn noch schlimmer werden?

Er trieb sie den steilen Abhang einer Schlucht hinunter und dann um eine Kurve nach der anderen, bis sie außer Sicht- und Hörweite der Siedlung waren. Dann blieb er plötzlich stehen und stieß sie nach vorn.

Sie stolperte, richtete sich auf und erstarrte dann. Direkt vor ihr stand – Gretchen.

Ja, das war allerdings noch schlimmer.

Gretchen ohrfeigte sie so heftig, dass Summers Sicht verschwamm. Etwas Warmes und Klebriges tropfte über ihr Kinn. Blut. Gretchen hatte sie blutig geschlagen, was ihre nichtsnutzigen Söhne begeisterte.

„Zeig' es ihr. Zeig' es der Schlampe", höhnte einer von ihnen.

Gretchen verpasste ihr eine weitere Rückhand und gerade als Summers Kopf wieder zur Mitte rollte, schlug Gretchen noch einmal zu.

Die Welt um sie herum verschwamm und schwankte. Summer erhaschte einen flüchtigen Blick auf weitere Männer. Sah sie doppelt oder waren noch mehr angekommen? Sie blinzelte, um ihre Sicht zu schärfen, und scheiße. Die Zahl von Metts Bande hatte sich verdoppelt. Sie waren jetzt mindestens ein Dutzend. Allesamt mit hasserfüllten Gesichtern, die verrieten, dass sie es kaum erwarten konnten, sie zu bestrafen. Brutal. Erbarmungslos.

„Wir haben so lange so hart gearbeitet", sagte Gretchen und die Männer nickten. „Wir haben für das Wohl aller Gestaltwandler gearbeitet."

Die Männer murmelten zustimmend. „Reinheit. Reinheit."

Es drehte Summer den Magen um. Sie hatte das alles schon einmal gehört. Sie hatte die gleichen verrückten Gesichter bei Emmett Whyte und seiner Bande gesehen, bevor sie zu ihrem letzten Überfall aufgebrochen waren.

„Glaubst du, wir lassen uns das alles von dir kaputtmachen?" Gretchen funkelte sie an. „Glaubst du, wir lassen uns von einem Außenseiter sagen, was wir zu tun haben?"

Mit Außenseiter meinte Gretchen Thomas und da war er wieder – der Geruch einer Verschwörung. Gretchen hatte einen Plan, wie sie Thomas loswerden wollte. Vielleicht nicht sofort, aber schon bald. So viel war in den Augen der alten Frau zu erkennen. Gretchen würde mit Thomas mitspielen, während er auf der ersten Welle des Triumphes tritt, aber wenn die anderen Wolfsrudel abgezogen waren und Thomas ihr den Rücken zugekehrt hatte, würde Gretchen zuschlagen.

„Wir sind die Wahrhaften", rief Gretchen und die Männer jubelten. „Wir werden unsere Mission niemals aufgeben. Und eines Tages werden uns Gestaltwandler aller Arten dafür verehren, dass wir die Blutlinien stark und rein gehalten haben."

Galle stieg in Summers Kehle auf. Thomas mochte die Blue Bloods für tot erklärt haben, aber die wahren Gläubigen lebten weiter. Sie waren genau hier und umzingelten sie.

Drew, wollte sie schreien. *Drew*...

Gretchen gackerte. „Rufe ihn nur. Rufe deinen dreckigen Liebhaber her."

Summer erstarrte. Wie konnte Gretchen das wissen? Ihr Herz erschauderte, als ihr klar wurde, dass Gretchen diesen einen Moment der Indiskretion mitbekommen haben musste, als Drew die Versammlung betreten und ihr in die Augen gesehen hatte. Wenn Thomas sie durchschauen konnte, konnte Gretchen es auch.

„Rufe ihn um Hilfe", drängte Gretchen.

Jeder Nerv in Summers Körper schrie denselben Befehl, aber sie biss sich auf die Zunge. Wenn sie Drew jetzt rief, würde er kaltblütig ermordet werden.

„Hure. Du hättest alles haben können." Mett spuckte vor ihre Füße.

Und mit *alles* meinte er, seine Gefährtin zu sein.

Niemals, schwor sich ihre Wölfin. *Niemals.*

„Du bist krank", brachte sie hervor. „Ihr seid alle krank."

„Du bist die Kranke hier." Mett verdrehte ihr den Arm. „Du hattest die Chance, zu den wenigen Auserwählten zu gehören, aber stattdessen hast du lieber deine eigene Art verraten." Er hielt sie von hinten fest und stand so nah bei ihr, dass seine Bartstoppeln über ihre Wange kratzten. „Und du wirst den Preis dafür bezahlen." Bis dahin hatte er sie mit einem Arm um ihre Taille festgehalten, doch jetzt griff er höher und grapschte an ihre Brüste. „Wie wäre es, wenn wir dich daran erinnern, wie gut du dich mit einem Wolf fühlen kannst?"

Die anderen Männer glucksten.

Sie hatte sich noch nie so schmutzig und benutzt gefühlt – zumindest nicht seit dem Tag, an dem sie entdeckt hatte, dass Emmett sie für seine Angriffe ausgenutzt hatte. Und all ihre Angst und Wut kamen in einem Schwall zurück. Sie würde nie wieder kleinlaut und feige sein, selbst wenn es sie das Leben kostete.

Ein Adrenalinstoß trieb sie an und sie drehte sich in Metts Armen um. Gleichzeitig schlug sie mit dem Ellbogen um sich und nutzte ihr gesamtes Körpergewicht für den Schlag. Mett fiel schreiend zu Boden.

„Meine Nase! Du hast mir die verdammte Nase gebrochen."

Sie wich zurück und starrte auf das Blut, das über sein Gesicht lief. Dann wirbelte sie zur Flucht bereit herum.

„Gehst du irgendwohin?" Einer von Gretchens Söhnen versperrte ihr den Weg.

Sie drehte sich nach links, aber auch dort gab es keinen Ausweg. Keine Öffnung im Ring der Männer, der sich um sie herum schloss.

„Schnappt sie!", brüllte Mett. „Bestraft sie!"

Sie drehte sich langsam im Kreis und riss die Fäuste hoch. Aber verdammt. Wie sollte sie sich jemals gegen so viele verteidigen? Ihre Hände zitterten. Sollte sie sich glücklich schätzen, dass sie die Kerle so wütend gemacht hatte, dass sie sie gleich umbringen wollten, anstatt sie vorher zu vergewaltigen?

„Bringt es hinter euch", schnauzte Gretchen. „Wir sind schon lange genug weg. Die anderen werden es merken. Bringt sie einfach um. Dann locken wir den Bären hier hinaus."

„Den werden wir auch töten", brüllte Mett.

„Nein!", rief Gretchen und alle Männer wichen einen Schritt zurück. Summer starrte nur. Scheiße. Sie hatte Gretchen unterschätzt. Gretchen war diejenige, die hinter alledem steckte. Wahrscheinlich war sie es gewesen, die Victor und Emmett Whyte auf ihre kranken Ideen gebracht hatte.

„Verdammt, sie könnte alles ruinieren, wofür ich so hart gearbeitet habe", kreischte Gretchen.

Summer starrte sie an. *Ich?* Nicht *wir?* Dann sah sie den Stolz und die Überheblichkeit in Gretchens Augen.

Es *war* Gretchen. Es war die ganze Zeit Gretchen.

„Wir müssen dem Bären zuerst eine Falle stellen", sagte die ältere Frau. „Es muss so aussehen, als hätte er Summer aus Eifersucht getötet, als er herausfand, dass diese Schlampe Mett ihm vorzog."

„Niemals", stotterte Summer. Sie würde sich nicht einmal dann für Mett entscheiden, wenn es um ihr Leben ginge.

Die Männer fingen an, über die Details zu grübeln, was ihre Aufmerksamkeit von ihr ablenkte.

Jetzt! bellte ihre Wölfin. *Das ist unsere Chance. Lauf!*

Sie wirbelte herum, presste sich zwischen zwei Männern hindurch und raste los.

„Hey!", rief einer.

Der andere griff nach ihr, aber sie wich gerade noch rechtzeitig aus.

„Schnappt sie euch! Lauft!"

Und wie sie laufen würde. Summer rannte, wie sie noch nie in ihrem Leben gerannt war, bewegte die Arme mit und verweigerte sich einen Blick zurück.

Der Kies knirschte, als die Männer die Verfolgung aufnahmen. In ihrem Kopf überschlug sich alles. Wie weit war es noch bis zur Siedlung? Konnte sie diesen Männern überhaupt entkommen?

Lass' mich raus, schrie ihre Wölfin. *Auf vier Füßen sind wir schneller.*

Das stimmte, aber eine Verwandlung würde sie für den Bruchteil einer Sekunde ausbremsen. Hatte sie genug Vorsprung?

Die Luft zischte hinter ihr, als einer der Männer nach ihrem Oberteil griff. Er war nah dran. Zu nah, um für lange Zeit zu entkommen.

Dann kämpfe. Kämpfe um dein Leben. Wenn sie schmutzige Taktiken anwenden, können wir das auch, bellte ihre Wölfin.

Sie rannte den ersten Teil des Abhangs hinauf, drehte sich dann um und trat zu, so fest sie konnte. Der Mann stürzte gegen den nächsten.

Und jetzt lauf. Lauf!

Sie rannte und als der Hang steiler wurde, krallte sie sich mit Händen und Füßen in das Geröll. Sie erklomm die Klippe vor den Männern, stürmte um eine Ecke–

–und prallte direkt gegen eine Felswand.

Oha. Sie blinzelte, als zwei Arme sie abstützten. Es war eine Wand aus Muskeln und nicht aus Stein.

„Summer", murmelte die Wand und stellte sie wieder auf die Füße.

Drew. Es war Drew. Sie hätte sich in seine Umarmung gestürzt, wären nicht die Schritte hinter ihr den Hang hinaufgeeilt.

„Summer", sagte er wieder, aber dieses Mal war es ein warnendes Grollen.

Sie starrte ihn an, denn sie hatte Drew noch nie so rot vor Wut gesehen. Sie hatte seine Augen noch nie so hasserfüllt aufblitzen sehen. Dies war ein anderer Drew – und doch derselbe, denn die Seite von ihm, die ihren Körper berührte, war sanft und warm. Beschützend.

Er schob sie hinter seinen Körper, als Gretchens Bande kurz vor ihnen stehen blieb.

„Du", zischte Mett mit giftiger Stimme.

Drew sagte nichts. Er knurrte nur. Es war so tief, dass es ein Donnern jenseits der Hügel hätte sein können.

Alle erstarrten, aber die Luft knisterte vor Energie. Die Luft um Drew herum flimmerte, so wie Hitze über einer Autobahn flimmern würde, was seine bevorstehende Verwandlung signalisierte. Sein Knurren wurde um eine Oktave tiefer. Sein Hemd zerriss auf seinem Rücken, als er auf alle viere nach vorn kippte. In einer Sekunde war er noch ein Mensch gewesen und in der nächsten stand ein riesiger Schwarzbär neben ihr.

Ein massiver Bär, dessen Fell vor Wut zitterte, als er sich auf seine Hinterbeine aufbäumte und über sie wachte.

Oder besser gesagt, sie beschützte. Die bedrohliche Wirkung war für alle anderen gedacht. Und verdammt, es schien zu funktionieren, denn Mett und seine Cousins standen völlig still und schwankten auf dem schmalen Grat zwischen Panik und testosterongesteuertem Kampfinstinkt.

Drew fletschte seine riesigen Zähne und spreizte seine Pranken, die so groß wie Baseballhandschuhe waren. An jeder von ihnen blitzten fünfzehn Zentimeter lange Krallen auf.

Versucht es nur, sagte sein Brüllen. *Versucht es nur.*

Kapitel 10

Drew holte tief Luft, als sich die Wölfe vor ihm verwandelten und knurrten.

Kämpfe mit deinem Kopf, nicht mit deinem Herzen. Das war es, was sein Vater immer gesagt hatte. Und er hatte stets auf ihn gehört.

Aber jetzt... Sein ganzer Körper bebte vor Wut und die Kraft strömte mächtig und explosiv durch ihn.

Er krümmte eine Pfote und dann die andere. Dies war ein Kampf wie kein anderer. Also verdammt, ja, er würde mit seinem Herzen kämpfen. Wie könnte er auch nicht. Es ging um Summer.

Summer, die ganz Herz und Seele war.

„Drew... " Sie legte eine Hand auf das raue Fell seines Rückens. Und verdammt, wenn das nicht bewies, wie mutig sie war, was dann? Sie hatte ihn noch nie in Bärengestalt gesehen, und selbst seine eigene Art wich zurück, wenn er in Kampfmodus überging.

Der Strom der Energie pulsierte stärker und er stieß ein weiteres Brüllen aus.

Ihr werdet meine Frau nicht verletzen. Ihr werdet sterben.

Er hatte in seinem Leben noch nicht oft getötet und es garantiert auch noch nie genossen. Aber er war auch noch nie so provoziert worden oder so blind vor Wut gewesen.

Summer. Sie wollen Summer töten.

Er brüllte erneut und zwei der Wölfe zogen fluchtbereit die Schwänze ein.

„Haltet die Stellung, ihr Idioten. " Hätte die Frau, die hinter ihnen auftauchte, eine Peitsche in der Hand gehabt, hätte sie sie knallen lassen. „Schnappt ihn euch. "

Die Wölfe knurrten, verteilten sich und versuchten, ihn zu umzingeln. Und verdammt, es gab keinerlei Rückendeckung, um Summer in Sicherheit zu bringen. Kein Felsvorsprung, kein Baum, kein Gebäude. Nur sanft abfallende Hügel, die kein bisschen hilfreich waren.

Er wich von einer Seite zur anderen und versuchte, sie alle im Blick zu behalten. Ein Dutzend Wölfe gegen einen Bären. Wenn er doch nur Verstärkung hätte – aber er hatte das Treffen ohne ein Wort verlassen und gehofft, Summer zu treffen und feiern zu können. Aber, Mist. Es gab nicht viel zu feiern – außer der Tatsache, dass er ihren Hilferuf gespürt hatte und gekommen war, bevor sie sie töten konnten.

„Du hast Verstärkung", sagte Summer, die seine Gedanken las. Sie klang wütender als je zuvor. Und sie sah auch so aus – noch grimmiger und entschlossener, als sie es bei der Versammlung war.

Lauf, Summer. Lauf, beharrte er. *Bring' dich in Sicherheit.*

Sie schüttelte vehement den Kopf. *Ich werde dich nicht verlassen. Ich werde dich niemals verlassen.*

Ihre tiefbraunen Augen starrten in seine und die Energiewelle in ihm wogte.

Ich liebe dich, sagte sie.

Es hätte eine Gelegenheit für ihn sein sollen, zu tanzen und zu singen. Stattdessen flüsterte er nur, *Ich liebe dich auch,* riss den Kopf herum und brüllte.

Ein Wolf sprang ihn an und begann den Kampf. Von da an war alles nur noch verschwommen. Knurren füllte die Schlucht und das Geräusch von aufgewirbeltem Kies kam von allen Seiten.

Er schlug einen entgegenkommenden Wolf mit seiner ausgestreckten Pfote und warf ihn zu Boden. Dann drehte er sich und stieß einen zweiten mit der Schulter zur Seite.

Drew! Pass auf! Eine tiefere Version von Summers Stimme hallte in seinem Kopf wider. Sie hatte sich ebenfalls verwandelt und hielt neben ihm die Stellung.

Ein weiterer Wolf tauchte mit weit aufgerissenem Maul aus dem Nichts auf und zielte auf seinen Hals. Drew wich schnell zurück und schlug ihn zur Seite. Aber Summer blieb ungeschützt und zwei Wölfe stürzten sich auf sie.

„Schnappt sie! Schnappt sie!", schrie diese Hexe Gretchen.

Er sah rot, als er nach vorn stürzte, um zu helfen, und einen Moment später flogen die zwei Wölfe durch die Luft. Einer landete auf einem Felsen und blieb erschlafft liegen, während der andere auf seine Füße zurückrollte und außer Reichweite huschte. Summer knurrte und schnappte nach einem weiteren Wolf, der sich von hinten an Drew herangeschlichen hatte.

Das Blut rauschte in seinen Ohren, als der Rest der Wölfe losstürmte und aus allen Richtungen gleichzeitig angriff. Er erwischte die beiden direkt vor ihm mit den Krallen, aber zwei weitere sprangen ihm auf den Rücken und brachten ihn zum Stolpern. Ihre Zähne bohrten sich in sein Fleisch und ließen ihn vor Wut aufheulen.

Drew!

Er konnte nicht sagen, ob Summer um Hilfe schrie oder ihn warnen wollte. Er schlug nach seinem eigenen Rücken, rollte sich herum und zerquetschte seine Angreifer. Dann setzte er mit seinen Reißzähnen nach. Knochen brachen, Blut floss und die Wölfe jaulten vor Schmerz auf.

Geschieht euch recht, wollte er schreien, als er wieder auf die Beine kam. Er schlug seine Krallen gegen den nächstbesten Wolf und hinterließ eine Wunde, von der sich nicht einmal ein Gestaltwandler erholen konnte.

Drew!

Ein weiterer Wolf sprang nach vorn und versuchte, in seine Lenden zu beißen, während er nach Summer Ausschau hielt. Sie stand auf ihren Hinterbeinen und krallte wild nach einem Wolf, der sie von vorn angriff. Die Seite ihres Körpers war rot gefärbt und sie hatte die Zähne gefletscht, während sie knurrte und nach ihm schnappte. Ein weiterer Wolf näherte sich ihr von hinten.

Auf keinen Fall. Nicht, solange er in der Nähe war.

Drew hatte sich noch nie so schnell bewegt und war auch noch niemals so wütend gewesen. Mit einem mächtigen Hieb sandte er einen der Wölfe zu Boden. Gott sei Dank wich Summer aus, denn der Schwung schleuderte Drew über den zweiten Wolf hinweg und hätte Summer fast zerquetscht.

Ein Schuss durchdrang die Luft und alle zuckten zusammen. Auch er. Und Summer. Und wow – sogar die anderen Wölfe.

Für den Bruchteil einer Sekunde hielt der Kampf inne.

„Haltet ihn genau dort", höhnte Gretchen und schob eine Kugel in die Kammer eines altmodischen Revolvers.

Die Sonne glitzerte auf etwas Silbernem und Drew gefror das Blut in den Adern. Gretchen lud Silberkugeln. Gretchen wollte seine Gefährtin töten.

Summers Knurren verwandelte sich in alarmiertes Gebell. Die Wölfe wichen zurück und bildeten eine Barriere zwischen ihm und Gretchen, um ihrer Anführerin Zeit zu verschaffen. Jedes Knurren und jedes Bellen sagte, *Was jetzt, Bär? Was willst du jetzt tun?*

Gegen eine Silberkugel konnte er nicht siegen. Kein Gestaltwandler konnte das. Aber er war noch nicht besiegt.

Lauf, Summer! Verschwinde! Sein mentaler Schrei war keine Bitte. Es war ein Befehl. Der einzige Befehl, den er seiner Gefährtin jemals geben würde, denn er bedeutete ihr Leben. Er stürzte sich auf die Wölfe und war fest entschlossen, die Mauer zu brechen. Selbst wenn Gretchen ihn erschoss, würde es Summer Zeit verschaffen, um fliehen zu können.

Nein, Drew. Bitte! schrie Summer.

„Halt!", donnerte eine Stimme von rechts. Eine menschliche Stimme. Jemand anderes mischte sich in den Kampf ein. Thomas vielleicht?

Drew hielt nicht inne, um nachzusehen, denn Gretchen hob den Lauf der Waffe und zielte auf Summer.

Nein! brüllte er und sprang auf die Wölfe zu. Einer wich zurück und stürzte dabei direkt auf Gretchen, die umgeworfen wurde.

„Du Idiot!"

Zisch! Ein Pfeil zischte durch die Luft, wo Gretchen gerade noch gestanden hatte. Aber da sein Ziel nicht mehr da war, prallte der Pfeil an einem Felsen ab.

Drew drängte sich vorwärts und kämpfte gegen das Gewicht von drei Wölfen an, die ihm in einem verzweifelten Angriff auf den Rücken gesprungen waren. Gretchen griff nach ihrer gefallenen Waffe. Verdammt, er musste sie aufhalten. Aber seine Schritte waren zu langsam. Scharfe Wolfszähne bohrten sich in sein Fleisch und er brüllte vor Frustration.

Nein. Er durfte nicht versagen. Nicht jetzt.

Er drängte sich weiter vorwärts und rollte über einen Wolf. Sein Ohr brannte, wo sich eine der Bestien festgebissen hatte und versuchte, ihn hinunterzuziehen.

„Gretchen, nein!", donnerte Thomas in einem klaren Alphabefehl. „Stopp!"

Seine strenge Stimme reichte aus, um ihr Gefolge zögern zu lassen, aber nicht Gretchen. Sie schloss die Finger um die Waffe.

„Halte mich auf", höhnte sie.

Drew! rief Summer aus viel zu geringer Entfernung.

Er konnte sich nicht umdrehen, um sie anzusehen. Alles, was er tun konnte, war, weiterzulaufen. Weitere Wölfe stürzten sich in einem koordinierten Angriff auf ihn, so dass er sich wie im Schlamm versunken fühlte.

Zisch! Ein weiterer Pfeil flog vorbei und ein Wolf schrie auf und fiel zu Boden.

Die Bogenschützin musste Josie sein – eine Wölfin der Twin Moon Ranch. Kein anderer Gestaltwandler trug einen Bogen, geschweige denn schoss jemand mit Silberspitzenpfeilen. Das bedeutete, dass Thomas nicht der Einzige war, der versuchte, diesen Kampf zu beenden. Wenn die Twin Moon Wölfe auf der Bildfläche erschienen waren...

Seine Hoffnungen stiegen und sanken dann wieder. Es spielte keine Rolle, wer zu Hilfe gekommen war. Gretchen hatte ihre eigenen Silberkugeln, was bedeutete, dass sie auch den mächtigsten Wolf und den wildesten Krieger ausschalten konnte.

Er schüttelte den Haufen Wölfe ab und stürmte auf Gretchen zu, die den Revolverlauf auf Thomas richtete.

„Glaubst du etwa, du kannst einfach in dieses Rudel hineinspazieren und alles verändern?", schrie sie. „Glaubst du, man kann unsere Sache ausrotten?"

Drew schnaubte. Er war derjenige, der für die richtige Sache kämpfte, und Gretchen war nur vier Schritte entfernt. Aber scheiße, sie hatte ihn entdeckt und wirbelte herum.

Peng! Sie gab einen Fehlschuss ab, der an seinem Ohr vorbeipfiff.

Sie riss die Augen weit auf und Gott, er wettete, auch seine waren riesengroß. Aber er würde auf gar keinen Fall anhalten. Selbst wenn sie ihn mit ein oder zwei Kugeln durchlöcherte, würde er sie mit seinem letzten Atemzug erwischen.

Ich muss sie töten. Der Gedanke brannte sich in jeden Muskel ein und er war fest entschlossen, es zu Ende zu bringen. Er musste dem Blue Blood-Wahnsinn ein für alle Mal ein Ende setzen. Wenn Gretchen fiel, waren auch ihre Gefolgsleute besiegt. Keiner von ihnen war ein Verschwörer oder Denker – nicht Mett und schon gar nicht einer ihrer Söhne. Ohne ihre Anführerin wären sie verloren.

Knurren ertönte hinter ihm und er spürte, wie die Twin Moon Wölfe losstürmten. Ein weiterer Pfeil zischte durch die Luft und tötete einen weiteren der Schurken. Ihm wurde plötzlich klar, dass er Josies Schussbahn auf Gretchen abblockte. Nun, gut. Wenn er irgendwie versagte, könnte die Jägerin Gretchen erledigen. Dieser Pfeil schoss unterdessen einen weiteren Wolf ab. Gut für ihn – ein Hindernis weniger auf seinem Weg.

Gretchens Hände zitterten vor Wut, als sie die Waffe spannte und zielte.

Er hielt den Atem an und zwang seine Beine, weiterzulaufen. Noch zwei Schritte, und er würde Gretchen erwischen. Es spielte keine Rolle, dass er in den Lauf der Waffe starrte. Es zählte nur, Summer zu beschützen.

Summer. Oh, wie sehr er sich wünschte, er könnte sie noch einmal in den Armen halten. Er wünschte, das Schicksal hätte eine Pausentaste, um ihm die Gelegenheit zu geben, sich zu verabschieden. Um ihr in die Augen zu sehen und endlich alles aussprechen zu können.

Summer, ich liebe dich. Ich wollte mein Leben mit dir verbringen.

Sein Bär trauerte bei dem Gedanken, all das zu verlieren – all die Dinge, von denen er nicht einmal wusste, dass er sie wollte, bis er sie getroffen hatte –, aber jetzt konnte er nicht aufhören. Er durfte nicht versagen.

Drew! kläffte Summer und wow. Warum war sie so nah? Sie war direkt neben seiner Schulter. Seine Aufgabe war es, sie zu retten, nicht andersherum.

Aber mit einem halben Dutzend ausgewachsener Wölfe, die an seinem Pelz hingen, musste er zugeben, dass er nicht gerade einen idiotensicheren Plan hatte.

Gretchen kniff die Augen zusammen, als sie den Abzug drückte. Sein Herz überschlug sich und plötzlich stand die Zeit still.

Er sah, wie sich die nächste Minute in Zeitlupe abspielte, bevor sie in Echtzeit passierte. So als ob das Schicksal ihm eine Vorschau auf das gab, was gleich passieren würde. Wie eine außerkörperliche Erfahrung, bevor er überhaupt tot war.

Die Kugel würde ihn genau zwischen den Augen treffen und er würde nur wenige Zentimeter vor Gretchen zu Boden fallen. Summer würde einen Moment später herbeigeeilt kommen und Gretchen würde einen weiteren Schuss abfeuern. Ein Fehlschuss, der Summer jedoch streifen würde.

Er wollte schreien und das Bild wegwischen, aber es blieb vor ihm hängen und zeigte ihm Summers Augen, die sich vor Schmerz und Bedauern weiteten, als das Leben aus ihr heraussickerte.

Nein, nein, nein! Das durfte nicht passieren. Er musste sie retten.

Du kannst sie retten, dröhnte eine Stimme in seinem Kopf. Eine tiefe, erdige Stimme, wie ein Geist aus längst vergangenen Zeiten. *Aber nicht mit unangebrachter Heldenhaftigkeit. Es gibt einen anderen Weg.*

Er hätte denjenigen angeknurrt, der es wagte, an ihm zu zweifeln, aber scheiße – was, wenn das wirklich das Schicksal war?

Die Zeitblase, in der er gefangen war, dehnte sich noch einen Herzschlag länger aus, bis sie zu platzen drohte, und die Stimme in seinem Kopf erneut knurrte.

Hör mir gut zu, Bär. Diese böse Frau hat genug getötet. Es gibt einen anderen Weg.

Welchen anderen Weg? Was zum Teufel sollte er tun?

Er ließ die Szene noch einmal in seinem Kopf Revue passieren und war verzweifelt auf der Suche nach einem Anhaltspunkt oder einer Idee. Der Wolf, der sich an seine linke Schulter klammerte, war Mett – das konnte an dem nach Tabak stinkenden Atem erkennen. Und wenn er seine Schulter genau im richtigen Moment hinunterriss...

Er konzentrierte sich wieder auf Gretchen und sah, wie die Kugel aus dem Lauf schoss und direkt auf ihn zukam. Die silberne Spitze drehte sich in Zeitlupe, aber er hatte das Gefühl, dass das Schicksal gleich auf den Schnellvorlaufschalter drücken würde.

Letzte Chance, Bär, mahnte die Stimme.

Jeder Knochen in seinem Körper rebellierte gegen den Gedanken, dieser Kugel auszuweichen. Das war der Weg des Feiglings und er war kein Feigling.

Dann beweise es, forderte das Schicksal ihn auf. *Beweise es mir.*

Er wollte den Kopf schütteln und darauf bestehen, dass es schwieriger sei, dem Tod ins Auge zu sehen. Dass alles schiefgehen könnte, wenn er sich aus dem Weg stürzte.

Der schwierige Teil ist zu vertrauen, donnerte das Schicksal.

Drew! Summers Stimme klang leise, so als wäre sie tausend Kilometer entfernt. *Duck dich! Geh aus dem Weg!*

Vertrauen, murmelte das Schicksal. *Vertrauen.*

Drew! Summers Stimme hallte in seinen Ohren nach und tausend Bilder schossen ihm durch den Kopf. Bilder von ihm und ihr, wie sie Hand in Hand durch ein sonnendurchströmtes Tal voller Wildblumen spazierten. Wie Summer ihn ansah, lachte und sich dann umdrehte, um zurückzuschauen.

Komm' her, lächelte sie und klopfte sich auf die Knie.

Er blickte zurück und erstarrte bei dem Bild eines wankenden Kleinkindes, das nach Summers Hand griff.

Geh' zu Daddy, feuerte Summer das Kind an. *Du schaffst das.*

Er sah in die Zukunft. In unbeschwerte, glückliche Zeiten.

Letzte Chance, Bär, flüsterte das Schicksal und glitt davon.

Und damit war er in der Realität zurück, wo eine Kugel auf ihn zuraste.

Er warf sich nach rechts, als eine Explosion seine Ohren betäubte. Seine Schulter schlug auf dem Boden auf und der Schmerz machte ihn blind. Aber der Todesschrei, der die Luft zerriss, kam nicht von ihm.

Es war Mett, der stöhnte und fiel.

Drew zwang sich in eine Rolle und schlug dabei drei Wölfe nieder. Gretchens erschrockene Augen folgten der Bewegung.

„Du!", zischte sie und folgte ihm mit der Waffe.

Erschieß mich, brüllte er. *Erschieß mich einfach.*

Nein, er hatte keine Sehnsucht nach dem Tod. Er hatte eine Vision. Wenn er Gretchen noch eine Sekunde länger ablenken konnte...

Ein flinker Wolf mit blondem Fell sprang neben ihm durch die Luft. Es war Summer, die sich auf Gretchen stürzte.

Vertrauen, erinnerte er sich und biss die Zähne zusammen. Er hasste es, seine Gefährtin dermaßen in die Gefahr springen zu lassen, aber er musste es tun. Er musste dem Schicksal vertrauen.

Erschieß mich, brüllte er erneut, um die Aufmerksamkeit des Feindes auf sich zu behalten.

Ein wildes Knurren zerriss die Luft und Gretchen zuckte zurück, aber zu spät. Summer überwältigte sie und die Waffe flog davon. Beide Frauen überschlugen sich, als sie auf dem Boden aufschlugen, aber Summer war schneller wieder auf den Beinen. Sie knurrte Gretchen an und starrte.

Und dann, *zisch!* Ein weiterer Pfeil raste vorbei und Gretchen zuckte vor Überraschung mit aufgerissenen Augen zusammen.

Summer wich zurück und sah zu, wie Gretchen starb. In der Stille, die sich in der Schlucht ausbreitete, stürzte Drew nach vorn, um seine Gefährtin zu schützen. Er wirbelte herum, keuchte wild und schaute sich um.

Es waren nur noch fünf Schurken übrig, aber Thomas sprang los und schaltete einen aus. Ein riesiger dunkelhaariger Wolf riss einem anderen die Kehle heraus und eine schlaksige

Wölfin rang einen dritten zu Boden, als sie ihr Maul um seinen Hals schloss. Der größte Kojote, den Drew je gesehen hatte, zerriss einen weiteren Schurken und ein riesiges Wildschwein überrollte den Abtrünnigen, der zu fliehen versuchte, und zermalmte ihn unter seinen Hufen. Als eine Staubwolke aufstieg und die Szene verschleierte, näherte sich Drew Summer. Er war fest entschlossen, für ihre Sicherheit zu sorgen.

Sicherheit. Heilige Scheiße. Waren sie endlich in Sicherheit? Er umkreiste sie dreimal und blieb ganz dicht bei ihr. Alle aus Metts Bande waren tot. Aber scheiße. Summer blutete und hatte Schnittwunden und...

Drew, es geht mir gut, beharrte sie und schnupperte an ihm.
Du bist verwundet.
Nichts Ernstes. Nicht so wie du. Geht es dir gut?

Was spielte es für eine Rolle, ob es ihm gut ging? Ihr musste es gut gehen. Er drehte einen weiteren engen Kreis um sie, um sie zu schützen.

Die Wölfe, die ihnen zu Hilfe geeilt waren, husteten, als sich der Staub legte. Alle schauten sich um und musterten die Szene.

„Oha!", sagte Thomas und nahm wieder seine menschliche Gestalt an.

Sicher. Sie waren endlich sicher. Oder nicht? Drew knurrte den neuen Alpha von Hope Springs an, als dieser näher kam.

Thomas riss seine Hände hoch. „Geht es ihr gut?"

In seiner Stimme klang aufrichtige Besorgnis mit und plötzlich kam Drew eine Erkenntnis. Thomas sorgte sich um Summer? Eine Welle der Eifersucht überschwemmte ihn und er plusterte sein Fell auf, um Summer so gut es ging zu verbergen. Ja, es war kindisch. Ja, er sollte darauf vertrauen, dass das Schicksal ihn und Summer zusammen sehen wollte, und nicht Summer und irgendeinen anderen Kerl. Aber verdammt, er wollte nichts riskieren.

Sie streckte ihre Wolfsschnauze aus seinem Fell. Und presste ihren Körper an seinen, um ihn zu beruhigen. *Mir geht es gut. Alles ist in Ordnung.*

Er hechelte immer noch wie wild und schwankte, aber er konnte sich nicht beruhigen. Es war nicht in Ordnung. Ein

Rudel von Abtrünnigen hatte soeben seine Gefährtin angegriffen und sie hatte einer Silberkugel ausweichen müssen. Und zu allem Überfluss schien der frischgebackene Rudelalpha hinter seiner Frau her zu sein. Also nein. Nichts von alledem war in Ordnung, außer der Tatsache, dass er und Summer immer noch auf den Beinen waren. Und verdammt, vielleicht nicht mehr sehr lange, denn die Wunden, die er bis jetzt nicht gespürt hatte, meldeten sich plötzlich an einem Dutzend Stellen, die brannten und schmerzten.

Thomas streckte seine Hände aus und sprach leise. „Ich will nicht gegen dich kämpfen." Sein Blick glitt zu Summer hinüber und sagte, *Ich will sie lieben.*

Drew knurrte, bis Thomas tief durchatmete und zurücktrat. „Ich wollte nur nachsehen, ob es ihr gut geht", murmelte er und sah trauriger aus, als es ein Mann, der kurz vor einem entscheidenden Sieg stand, eigentlich sein sollte. „Ich will nur nachsehen."

Nachsehen oder Pläne schmieden? Drew starrte Thomas an, bis er sah, wie die Schultern des Mannes leicht zusammensackten.

Sie gehört dir, gab Thomas zu und schoss den Gedanken in Drews Kopf. *Das sehe ich. Und ich respektiere es.* Er schenkte Summer ein schiefes Lächeln und schaute dann wieder Drew an. *Glückspilz. Stelle sicher, dass du zu schätzen weißt, was du hast.*

Und wie er sie zu schätzen wusste, ganz sicher. Er würde seine Gefährtin jeden Tag für den Rest seines Lebens wertschätzen.

Mit einem Seufzen wandte Thomas sich ab und überzeugte Drew, dass er es ernst meinte. Vielleicht war Thomas ja doch ein Mann der Ehre. Drew schnaufte und der Wolf schaute zurück.

Viel Glück, rief Drew und fühlte sich als doppelter Glückspilz. Er war derjenige, der das Mädchen bekommen hatte. Alles, was Thomas bekam, war ein chaotisches Rudel.

Thomas nickte und drückte die Schultern durch, als er sich an die Twin Moon Wölfe wandte. „Danke, dass ihr gekommen seid. Habt ihr meine Nachricht erhalten?"

Drew starrte ihn an. Es war Thomas gewesen, der die anonyme Nachricht geschickt hatte? Thomas war die ganze Zeit einer der Guten?

Tyler Hawthorne, der immer noch in Wolfsgestalt war, nickte auf eine Art und Weise, die Drew vermuten ließ, dass es einen weiteren Austausch gegeben haben musste, seit er Arizona verlassen hatte. Der dunkelhaarige Alpha aus Arizona hielt inne, um seine Gefährtin zu beschnuppern und sich an ihr zu reiben. Dann verwandelte er sich und ging neben Thomas zurück in die Siedlung. Bereit, Geschäftliches zu besprechen.

Nun, damit wollte Drew nichts zu tun haben. Er wollte nichts außer Summer. Und vielleicht ein Bett, denn, verdammt, alles tat weh.

Er begnügte sich damit, sich auf den Boden fallenzulassen. Seiner Gefährtin ging es gut. Gott sei Dank dafür.

Natürlich geht es ihr gut, murmelte sein Bär und driftete langsam davon. *Hast du gesehen, wie sie sich bewegt hat?*

Ein Lächeln breitete sich auf seinem Gesicht aus. Ja, er hatte allerdings gesehen, wie sie sich bewegte. Geschmeidig, wendig und anmutig, trotz des ganzen Gemetzels.

Drew, flüsterte sie und leckte ihm mit ihrer langen Wolfszunge über die Nase.

Sie wimmerte, schmiegte sich an ihn und umsorgte seine Wunden. Irgendwie schaffte sie es, ihn im siebten Himmel schweben zu lassen, anstatt sich mit dem pulsierenden Schmerz zu beschäftigen.

Er fing an, albern zu grinsen, und sie tat es ihm gleich. *Ich liebe dich, mein Bär.*

Er seufzte. *Ich liebe dich, meine Wölfin.*

Es ist vorbei. Es ist endlich vorbei, sagte Summer.

Er schaute ihr tief in die Augen und konnte ihre Zukunft erneut darin sehen. *Nein. Das ist erst der Anfang. Unser Anfang.*

Epilog

Das Glöckchen über der Tür zum Quarter Moon Café klingelte fröhlich und drei große Männer traten ein. Summer schaute mit einem Lächeln auf. Sie hatte wie immer früh mit der Arbeit begonnen und sich von ihrem schlummernden Gefährten losgerissen, um Jessica beim Backen zu helfen. Drew zurückzulassen, war der schwierigste Teil ihres Tages, was viel darüber aussagte, wie wunderbar ihr Leben geworden war. Sie hatte den besten Job, das beste Zuhause und den besten Gefährten der Welt.

Ihr Herz machte einen aufgeregten Sprung und sie hoffte, dass Drew unter diesen Männern war. Wahrscheinlich würde sie nie über die Aufregung hinwegkommen, ihren Gefährten zu sehen, auch wenn sie nur ein oder zwei Stunden getrennt gewesen waren.

„Guten Morgen, Summer." Luke zog seinen Hut. „Fröhliche Fast-Weihnachten."

Das Fest war nur noch wenige Tage entfernt und sie konnte es kaum erwarten.

„Hallöchen, Summer. Sieht so aus, als hättest du das schöne Wetter zurückgebracht." Mack deutete auf den klaren Himmel über Arizona, der den oberen Teil der Fenster mit einem satten, strahlenden Blau ausfüllte.

„Hallo, meine Süße. Ich werde einen starken Kaffee brauchen, um meinen Tag zu beginnen", sagte Sam.

„Hallo Leute." Sie lächelte und versuchte, ihren Hals nicht zu verrenken, um hinter die Männer zu sehen.

Dann füllte plötzlich ein vierter Mann den Türrahmen aus und ihr Lächeln strahlte von einem Ohr zum anderen. Ihre Wölfin wedelte mit dem Schwanz und jubelte.

Gefährte! Mein Gefährte!

Ihre Blicke trafen sich und Drews Lächeln wandelte sich von glücklich zu vor-Liebesglück-selig.

Und ihr Lächeln auch.

Drew trat langsam über die Schwelle und rieb seine Schulter auf eine Weise am Türrahmen, die sagte, *Meins. Meins zu hegen und zu schützen.*

Und in gewisser Weise war es auch seins, so wie das Haus auch ihres war. Als sie aus Utah zurückgekehrt waren, hatten Soren und die anderen ihnen angeboten, dem Blue Moon Clan beizutreten, und Summer hatte Tränen der Freude vergossen.

Ich glaube, das bedeutet Ja, hatte Drew gesagt und breit gegrinst.

Sie konnte nur nicken und schluchzen, unfähig all ihre Emotionen auszudrücken. Zu Hause. Sie hatte ein echtes Zuhause in einer ehrlichen Gruppe von Gestaltwandlern, die sie liebte und respektierte. Und das mit ihrem Gefährten.

Sie bekam einen festen Job und arbeite Schichten im Café und Saloon. Drew arbeitete als Barkeeper im Saloon, half im Café, wenn viel los war, und erledigte all die Gelegenheitsarbeiten, für die Soren und Simon keine Zeit hatten. Und davon gab es eine ganze Menge, denn beide Geschäfte florierten. Auch der Clan blühte auf. Jessica hatte zwar noch nichts gesagt, aber Summer war sich ziemlich sicher, dass das neue, rosige Strahlen auf den Wangen ihrer Chefin nicht nur von der Aussicht auf mehr Freizeit herrührte, jetzt, da es mehr helfende Hände gab, die die Last der Arbeit teilten. Sie könnte darauf wetten, dass Jess schwanger war, aber sie sprach es nicht an. Diese Neuigkeiten sollte Jessica selbst bekannt geben, wenn sie und Simon bereit dazu waren.

Babys. Gefährten. Eine strahlende Zukunft. Ein Dutzend sonniger Möglichkeiten schossen ihr durch den Kopf, als sie Drew durch die Tür kommen sah.

Er hielt inne und putzte sich in diesem Rechts-links-rechts-links-Rhythmus, den sie so gut kannte, die Stiefel ab – so ein höflicher Bär – und trat schließlich ganz nah an sie heran.

„Guten Morgen." Seine grüngoldenen Augen funkelten und tanzten vor Freude.

„Guten Morgen.“ Sie versuchte, nicht zu erröten. Denn es war ein guter Morgen. Ein verdammt guter, denn sie war nackt und um seinen Körper geschlungen aufgewacht. Der beste Morgen aller Zeiten, wie es schien, denn sie war an seiner Seite.

Er war ihr so nahe, dass sie ihn küssen könnte, aber gerade als sie dies tun wollte, trat er einen winzigen, neckischen Schritt zurück. Dies war eine kleine Angewohnheit, die er sich aus ihrer Anfangszeit bewahrt hatte. Nah-näher-zurück und dann wieder nah. Sie liebte es – diese Erinnerung daran, wie viel auf dem Spiel stand und was sie schließlich gewonnen hatten.

Gefährtin, brummte er, schloss den Abstand und küsste sie endlich.

Sie schloss die Augen und genoss diesen Kuss. Und genoss und genoss, als er sie mit dem Rücken gegen die Wand drückte. Er hielt sie dort fest und schmiegte seinen großen, harten Körper eng an ihren. Er küsste sie, als wären sie Monate getrennt gewesen und nicht erst seit ein paar Stunden. Er knabberte an ihren Lippen, strich dann mit seiner Zunge darüber und schmeckte sie immer wieder.

„Es geht schon wieder los“, seufzte Luke.

„Ihr Kinder solltet euch ein Zimmer nehmen“, scherzte Mack.

„Liebe“, sagte Sam. „Wahre Liebe. Legt euch damit nicht an, Jungs.“

Ein grummelndes Geräusch entsprang aus Drews Brust und stimmte Sam zu. *Legt euch nicht mit mir oder meiner Gefährtin an.*

Summer genoss seinen Kuss noch eine weitere Minute, bevor sie sich zwang, sich von ihm zu lösen. Denn, hoppla, sie sollte eigentlich arbeiten. Sie kam so weit, dass sie ihr Gesicht an Drews Schulter schmiegte, blieb dort jedoch stecken. Mann, roch er gut. Und fühlte sich so gut an.

Gefährte. Will meinen Gefährten, knurrte ihre Wölfin. *Ich will nicht mehr warten.*

Das war das Problem – das Warten. Als sie nach Arizona zurückgekehrt waren, hatten sie beschlossen, noch keine Paarungsbisse auszutauschen, bis sich die Lage beruhigt hatte. Drew brauchte noch etwas Zeit, um seine Wunden zu heilen, und sie brauchte Zeit, um sich daran zu gewöhnen, sich… nun ja, frei zu fühlen. Frei von erdrückenden Schuldgefühlen und dem Zwang, sich ständig beweisen zu müssen.

Glaube mir, er ist bereit, knurrte ihre Wölfin. *Und ich bin es auch.*

Sie begann, zu glauben, dass sie die Paarungsbisse ein wenig zu lange aufgeschoben hatten, wenn man bedachte, wie sie sich bei jeder kleinsten Berührung fast gegenseitig verschlangen.

„Wisst ihr was?", verkündete Mack so entschlossen, dass sich alle zu ihm umdrehten.

„Was?", erwiderte Luke wie aufs Stichwort.

Mack trat hinter den Tresen. „Ich kann mir meinen eigenen Muffin holen und Sam kann sich einen Kaffee eingießen. Es macht dir doch nichts aus, oder Jess?"

Jessica grinste. „Ganz und gar nicht."

Luke schaute Summer und Drew an und wies mit dem Kopf in Richtung Hintertür. „Das heißt, ihr zwei könnt, ähm… "

„Euch gegenseitig die Kleider vom Leib reißen und es miteinander treiben", beendete Mack. „Im Privaten meine ich. Gib ihr endlich den Paarungsbiss, Drew. Ich bitte dich. Erlöse uns von unserem Elend."

Summers Wangen brannten, weil sie wahrscheinlich knallrot sein mussten. Waren sie so schlimm?

Jessica lächelte. „Gute Idee. Warum nehmt ihr euch nicht den Rest des Vormittags frei?"

Eine leichte Röte breitete sich unter Drews Bart aus und ließ ihn wie ein kleiner Junge im Körper eines Mannes erscheinen, was ihn unerträglich attraktiv machte.

Na los, beweg dich, jaulte ihre Wölfin.

„Ähm, nun… " Sie verschränkte ihre Finger mit denen von Drew.

Mack schwenkte das Muffinblech in Richtung Hintertür. „Beweg' dich, Bär. Und lass' uns in Ruhe frühstücken."

Seine Worte schienen den Bann zu brechen, denn im nächsten Moment zerrte Drew sie in Richtung Hintertür.

„Ah. Wahre Liebe", tönte Sams Stimme hinter ihnen.

„Wahre Liebe", stimmte Summer zu und lief neben ihrem Gefährten her.

„Schicksal", murmelte Drew. „Den Göttern sei Dank für das Schicksal."

Er führte sie über den Parkplatz und die Treppe zu der kleinen Wohnung über der Garage hinauf, in die sie gemeinsam eingezogen waren. Mit jedem Schritt, den sie machten, sprudelte ein wenig mehr des aufgestauten Verlangens hoch. Summer entledigte sich ihrer Schürze und hängte sie über die Weihnachtsdekoration am unteren Ende des Geländers. Eine Sekunde später zog sie Drew das Hemd aus und warf es zur rechten Seite. Ihr Oberteil war als Nächstes dran und obwohl sie nach seiner Jeans griff, kam Drew ihr zuvor, indem er ihren BH öffnete. Ihre Leidenschaft war wie ein Wirbelwind. Ein Tornado, ein führerloser Zug, der sie in einem Rausch von Lachen, Keuchen, Küssen und erstickten Rufen mitriss.

„Wahre Liebe", flüsterte sie in der Sekunde, als Drew nach Luft schnappte.

„Schicksal", stimmte er zu und presste seinen Mund auf den ihren.

Sie sanken auf die Treppe und sein großer Körper bedeckte ihren. Mit seinen großen Händen umschloss er ihre Brüste. Dann beugte er den Kopf hinunter und küsste sich seinen Weg zu ihrer linken Brustwarze. Die, die ihrem Herzen am nächsten war.

In der Sekunde, in der er seine weichen Lippen um die enge Knospe schloss, bäumte sie sich von der Treppe in die Luft hinauf. Nun, es fühlte sich jedenfalls so an. Als würde sie schweben oder auf einer Welle reiten, während Drew sie wie eine Rettungsweste oben hielt. Sie klammerte sich an ihn und kratzte über seine nackten Schultern. Sie war ebenso verzweifelt wie er, ihre Verbindung zu vollenden. Nicht nur mit Küssen. Nicht nur mit einer weiteren Runde Sex. Nichts würde sie befriedigen, bis sie die Paarungsbisse ausgetauscht hatten.

Er saugte an ihrer Brustwarze, ließ sie los und leckte dann mit der Zunge darüber. „So schön. So perfekt."

Sie hatte sich früher weder schön noch perfekt gefühlt, aber Drew gab ihr das Gefühl eine Göttin zu sein. Sie fühlte sich tatsächlich so.

Und begierig. Gott, hatte sie einen Heißhunger auf ihren Gefährten.

Ich brauche ihn in mir. Muss seinen Biss spüren, jaulte ihre Wölfin.

Es gelang ihr, ihm die Jeans auszuziehen, aber sie schaffte es nicht zu seinen Boxershorts, weil er ihr zuerst die Hose auszog. Es dauerte ein wenig, aber ein paar Sekunden später hingen auch ihre Jeans und ihr Höschen über dem Geländer. Wie ein paar weitere Stücke Treibgut, die der selbstverursachte Sturm aufgewirbelt hatte.

Drews Augen glühten regelrecht, als er seine Hand über ihren Bauch und zwischen ihre Beine gleiten ließ.

Sie zuckte mit der Hüfte nach oben, um seiner warmen, zielstrebigen Hand entgegenzukommen, und er glitt direkt hinein.

Sie stöhnte und griff nach seinem Schwanz. Er sprang förmlich in ihre Hand und sie umschloss ihn mit den Fingern. Er war so hart für sie. Hart und riesig.

Für sie. Sie machte das mit ihm. Sie machte ihren Gefährten so an.

Natürlich tun wir das, gluckste ihre Wölfin. *Schau ihn dir an.*

Seine Augenlider waren halb geschlossen und sein Mund öffnete sich nur Zentimeter über ihrer Brust zu einem stummen Stöhnen. Die Bewegungen seiner Finger wurden langsamer und beschleunigten sich dann, um mit ihren langen Zügen über seinem Schwanz mitzuhalten.

Auf und ab, bewegte sie ihre Hand.

Hinein und heraus, er tat es ihr gleich.

Drew schloss die Augen, neigte den Kopf und bewegte seine Lippen zu stummen Rufen wie *Meine* und *Gefährtin.*

„Oh, Drew." Noch nie hatte sie einen Mann so sehr gebraucht. Noch nie hatte sie *irgendetwas* so dringend gebraucht. Keine Nahrung. Kein Wasser. Keine Luft. „Ich will dich in mir spüren."

„Ich bin doch in dir", neckte er und stieß seine Finger tiefer hinein, so dass sie aufschrie.

Sie wand sich in Ekstase unter ihm und schließlich gelang es ihr, zu betteln.

„Mehr", stöhnte sie. „Ich brauche mehr."

Sie hatte Lagerfeuer gesehen. Große, die wie riesige wirbelnde Flammen zu den Sternen hinaufschossen. Und es gab immer einen Punkt, an dem sie gedacht hatte, das Feuer könnte nicht höher lodern, bis eine riesige Flamme in die Höhe schlug und sie eines Besseren belehrte. Genauso war es jetzt auch.

Und verdammt, *sie* war dieses Feuer. Denn sie schaffte es, sich unter Drews Körper aufzubäumen, ihn zu bewegen und seine Boxershorts bis zu den Knien hinunterzuschieben.

„Ich brauche es", beharrte sie.

Seine Augen blitzten auf und eine Sekunde später entledigte er sich seiner Boxershorts. Dann drängte er sie die restlichen Stufen hinauf. Auf dem obersten Treppenabsatz hielt er jedoch inne und seine schmutzigen Gedanken drangen in ihren Kopf.

Er könnte sie genau dort absetzen. Er könnte ihre Beine spreizen, auf eine der unteren Stufen rutschen und sie direkt in den Himmel lecken.

Und Junge, war das verlockend. Unglaublich verlockend. Aber nichts würde sie richtig befriedigen, bis er nicht tief in ihr vergraben war. Sie wollte die Hitze seines Atems an ihrem Hals spüren, während er sich darauf vorbereitete, sie als die Seine zu markieren.

Sie drängte dieses Bild in seinen Kopf und fügte alle möglichen schmutzigen Details hinzu, für die sie keine Worte hatte. Und prompt sah sie, wie seine Augen noch intensiver glühten.

„Wenn ich es mir recht überlege..." Er drängte sie ins Schlafzimmer.

Wie berauscht stolperten sie in diese Richtung, doch eine Sache fiel ihr unterwegs auf. Die gerahmte Stickerei an der Wand ihres winzigen Wohnzimmers, auf der stand: *Dort wo das Herz ist, ist man zu Hause.* Und verdammt, dem konnte sie nur zustimmen.

In dem Moment, in dem ihr Rücken die Matratze berührte, war er bereits über ihr und startklar. Doch dann hielt er inne und holte tief Luft. Worauf wartete er? Sie schaute ihm fragend ins Gesicht.

Er stürzte sich mit den Ellbogen auf die Matratze und schaute sie intensiv an. Ein Moment der Ruhe im Auge des Hurrikans.

„Ich liebe dich." Er strich ihr das Haar so sanft und behutsam zurück, dass sie hätte weinen können.

„Ich liebe dich auch." Sie biss sich auf die Lippe, weil sie befürchtete, dass diese Worte nicht das wiedergeben konnten, was sie wirklich fühlte. Viele Leute sagten sie, aber fühlten sich ihre Herzen auch zu groß für ihre Brust an, wenn sie sie aussprachen? Sangen und tanzten ihre Seelen so wie ihre?

Er küsste sie – ein langsamer Kuss nach so vielen leidenschaftlichen – und ließ sie wissen, dass er keine Worte brauchte, um zu verstehen, was sie meinte.

„Ich liebe dich", wiederholte sie dieses Mal etwas sicherer. „Und ich werde sterben, wenn du mich nicht sofort durch diese Matratze vögelst."

Er lachte und ein Dutzend glückliche Lachfalten umspielten seine Augen und seinen Mund und unterstrichen sein breites Grinsen.

„Schon verstanden. Schon verstanden."

Er drückte sich von seinen Ellbogen hoch und war eine Sekunde später wieder ganz ernst. Ganz hart und ganz bereit.

Es ist so weit, sagten seine Augen.

Es ist so weit. Sie schlang ihre Beine um ihn.

Er stieß mit der Hüfte vor und glitt hinein.

Sie stöhnte in einer Mischung aus Befriedigung und rasendem Verlangen und zog ihre Beine an seinen Seiten höher. „Mehr. Ich brauche mehr."

Er entzog sich ihr und stieß wieder zu, bevor er langsam schneller wurde. Die ersten paar Stöße waren flach und halfen ihr, sich einzugewöhnen. Die nächsten waren schon tiefer und weniger geduldig. Und was dann folgte – das war einfach unglaublich.

Sie schrie auf und begrüßte jeden harten, heißen Stoß mit einem Zusammenziehen ihrer inneren Muskeln. Plötzlich erhob sich Drew auf die Knie, zog ihre Hüfte mit sich und hielt ihre Verbindung aufrecht. Dann setzte er sich wieder in Bewegung,

drückte ihren Körper fest an seinen und ließ nicht den gering-
sten Spalt zwischen ihnen frei.

„Ja... Ja... ", schrie sie, als er ihre tiefsten geheimsten Stellen traf.

Drew sprach kein Wort, aber das Glühen in seinen Augen
wurde intensiver. Der gleichmäßige Rhythmus beschleunigte
sich und er stöhnte bei jeder stoßenden Bewegung leise.

Sie klammerte sich an seinem Rücken fest und versuchte,
ein Ventil für den köstlichen Druck zu finden, der sich in ihr
aufbaute. „Ja... "

Sein Gesicht wurde konzentrierter, während er mit seinem
ganzen Körper in sie stieß.

Sie konnte nicht sehen. Sie konnte nicht denken. Sie konnte
nicht sprechen, außer seinen Namen zu rufen. Eine Welle baute
sich unter ihr auf und hob sie hoch, bereit, sie in die Höhe zu
katapultieren.

„Bitte... "

Schweiß glänzte auf Drews Brust und ließ jede Muskelpartie
im Mittagslicht erstrahlen. „So schön. "

Sie griff mit den Händen nach oben über ihren Kopf, um
sich am Kopfteil des Bettes festzuhalten. Seine Augen blitzten
anerkennend auf. Mit letzter Kraft stemmte sie ihre Hüfte nach
oben und kam jedem seiner Stöße entgegen.

„Ja... "

Er murmelte das Wort und sie schrie heiser, als sie sich
beide dem Höhepunkt der Welle näherten.

Drew zog die Lippen zurück und die Spitzen seiner
Eckzähne verlängerten sich. Sein Blick fiel auf ihren Hals,
während er seine Hüfte weiterbewegte.

„Gefährte", flüsterte sie. „Tu es. Ich will es. Ich will, dass
du mich beißt. "

Der Instinkt drängte die Vernunft beiseite und lenkte ihren
Körper. Sie warf den Kopf zurück und verführte ihn mit ihrer
blassen Haut.

„Bereit?", krächzte er.

Musste er das fragen?

Er stieß ein weiteres Mal in sie hinein. Und noch einmal,
so dass ihr vor Ekstase ganz schwindlig wurde. Leise stöhnend

hämmerte er ein drittes Mal bis zum Anschlag hinein und explodierte in ihr.

„Oh, ja... ", murmelte er.

Sie konnte seine feuchte Hitze spüren und jedes glückselige Gefühl, das ihm durch den Kopf ging. Und gerade als dieser Rausch den Höhepunkt erreichte, bohrte er seine Zähne tief in ihren Hals.

Strahlend weißes Licht blitzte vor ihren Augen auf und jeder Muskel spannte sich an. Ihr Körper brannte herrlich an beiden Stellen, an denen er in sie eingedrungen war – dort, wo sein Schwanz tief in ihr vergraben war, und an den Spitzen seiner Zähne, die sich in ihren Hals drängten. Es war kein reißender, wütender Biss. Es war der behutsame Halt eines Liebhabers. Ein Versprechen. Ein Schwur. Sie spürte, wie ihr Puls wild rauschte, während er sie festhielt und ihre Seelen sich miteinander verbanden.

Alles verblasste, sogar die Grenzen zwischen ihren Körpern, bis sie nur noch Hitze spüren konnte – Hitze und Freude, die sie erfüllten. Ihre Hände umklammerten das Kopfteil, Drews Schultern oder dünne Luft, sie wusste es nicht. Es war ihr egal. Sie wollte nichts, außer diesen Moment für immer festzuhalten.

Also tat sie genau das. Zumindest fühlte es sich wie eine Ewigkeit an – die beste Art von Ewigkeit. Selbst als die Welt wieder in ihr Bewusstsein rückte und ihr klar wurde, dass Drew wild keuchend und völlig erschöpft neben ihr lag, dauerte das Glücksgefühl noch an.

Das Beste daran ist, dass es keine einmalige Sache ist, hatte Jessica ihr einmal mit einem Augenzwinkern gesagt. *Wenn man sich einmal verpaart hat, kann man so oft beißen, wie man will.*

Sie holte tief Luft. Heiliger Strohsack, solchen Sex hatte sie noch nie erlebt.

Wir sind noch nicht fertig, heulte ihre Wölfin und forderte ihre Runde.

Sie ließ ihre Hände über Drews Brust gleiten und streckte sich langsam, ganz langsam über seinen Körper.

„Die pure Wonne", murmelte sie.

Er presste sie an seine Brust und küsste ihre Stirn.

Hals. Beißen. Gefährte, bellte ihre Wölfin.

Sie spreizte die Beine auf ihm und seine Augen blitzten auf. „Nicht zu erschöpft für ein wenig mehr?", neckte sie ihn.

Er lenkte sie zu seinem Schaft, der bereits wieder hart wurde. „Ich bin bereit. Und nicht nur für ein wenig mehr."

Die Hitze wirbelte aus dem Nichts auf. Wie eine Glut, die sich unter der Asche eines Waldbrandes verbarg und von einem schicksalhaften Wind neu entfacht wurde. Und ganz plötzlich stand sie wieder in Flammen.

Sie setzte sich auf, ließ sich auf ihn herabsinken und stöhnte bei dem Gefühl, wieder ausgefüllt zu werden. Instinktiv fing sie an, ihre Hüfte zu bewegen. Sie lehnte sich zurück und ritt ihn immer heftiger und schneller. Er griff nach oben, um ihre Brüste zu streicheln, und machte sie ganz verrückt vor Verlangen.

„Drew..."

Ihr Orgasmus schoss bereits in Richtung Oberfläche. Glühten ihre Augen genauso intensiv wie seine?

Er warf den Kopf zurück. Der mächtige Bär begrüßte ihren Biss. Er klammerte seine Hände fest um ihre Hüfte und stieß nach oben.

Sie krümmte sich stöhnend nach hinten und ihre Eckzähne schoben sich durch ihr Zahnfleisch.

Ich bin dran, forderte ihre Wölfin.

Sie beugte sich über ihn und war kurz davor, die Kontrolle zu verlieren. Als Drew in ihr kam, erschauderte sie vor Lust und konnte sich nicht länger zurückhalten. Alles war Hitze und Schmerz und das brennende Bedürfnis, das Ritual zu vollenden. Der Raum war verschwommen und die Luft knisterte voller Energie. Ihr Instinkt führte sie zu seinem Hals und zeigte ihr die Stelle, an der es sicher war, zu beißen. Also tat sie es. Sie war sich vage bewusst, wie ihre Zähne Fleisch und Adern beiseiteschoben, ohne irgendetwas anderes als die äußere Hautschicht zu beschädigen.

„Summer..."

Er hielt sie so fest, dass ihre Rippen schmerzten. Aber es steigerte das Hochgefühl nur noch mehr. Seine Gedanken hallten in ihrem Kopf wider und tausend Bilder wirbelten durch ihren Verstand. Kindheitserinnerungen, wunderschöne Sonnenuntergänge, Lieder und köstliche Geschmäcker – einige aus seiner Vergangenheit und andere aus ihrer. Ihr Herz klopfte heftig und das Blut rauschte durch ihre Adern. Moment – durch *seine* Adern. Sie konnte den Druck neben ihren Zähnen spüren, aber es schien ein Teil ihres Körpers zu sein und nicht seines. Jeder Teil von ihm wurde zu einem Teil von ihr.

Meiner! krähte ihre Wölfin. *Mein Gefährte! Für immer!*

Hitze umschloss sie wie eine dicke Decke und der ganze Raum schien verschwommen und unscharf.

Sie keuchte und wurde sich bewusst, dass sie losgelassen hatte. Panisch untersuchte sie seinen Hals, aber die Einstichstellen schienen bereits zu heilen. Es ging ihm gut. Ihr ging es gut.

„Mehr als gut", flüsterte er heiser und zog sie in seine Arme.

Ihre Knochen wurden zu Wackelpudding, als sie sich an ihn schmiegte und sich in die Kurven seines Körpers kuschelte, als hätte sie dies schon ihr ganzes Leben getan. Sie hielt sich an seinen Schultern fest und sagte dem Schicksal, dass es sie niemals auseinanderbringen dürfte.

„Ich glaube nicht, dass wir uns darüber Sorgen machen müssen." Er lächelte.

Seine Brust war ihr Kopfkissen, sein Bauch ihre Matratze und das Ohr, das sie an seinen Körper gepresst hatte, lauschte auf die schweren Schläge seines Herzens. Sie lag ganz still da und wollte nicht, dass dieser Moment jemals endete. Dann wurde ihr bewusst, dass er gar nicht wirklich zu Ende gehen musste. Drew hatte recht. Dies war erst der Anfang, kein Ende.

Sie holte tief Luft und seufzte dann, während sie sich wünschte, sie könnte all das in Worte fassen.

Aber wieder einmal musste sie es nicht.

„Ich weiß, was du meinst", flüsterte Drew und küsste sie zärtlich. „Ich weiß genau, was du meinst."

Sneak Peek: Süßes Verlangen

**Gestaltwandler, Feiertage, geheime Babys –
Ho, ho, ho!**

Ein paar lange schwierige Monate sind vergangen, aber die
Bären- und Wolfsgestaltwandler des Blue Moon Saloons sind
bereit, ihren hart erkämpften Frieden mit ein paar freien Tagen
zu feiern.

Während sich einige Paare beim Frühstück im Bett ent-
spannen, machen sich andere auf den Weg zu kleinen, intimen
Abenteuern in der Wüste des Südwestens. Manche sind immer
noch damit beschäftigt, Nikolausstrümpfe zu füllen und Ge-
schenke für den kleinen Teddy, das jüngste Mitglied des wachsenden neuen Clans, zu verpacken.

Aber Teddy wird nicht lange das einzige Blue Moon-Baby
bleiben, denn der Weihnachtsmann hat eine ganz besondere
Überraschung auf Lager – und das nicht nur für die Blue Moon-
Großfamilie, sondern auch für die Wölfe der Twin Moon Ranch!

Weitere Titel von Anna Lowe

Die Bären des Blue Moon Saloons

Perfekte Gefährten (die Vorgeschichte)

Verlangen des Bären (Buch 1)

Verlangen des Wolfes (Buch 2)

Verlangen des Alphas (Buch 3)

Verlangen des Gefährten (Buch 4)

Verlangen der Wölfin (Buch 5)

Süßes Verlangen (ein Festtagsschmaus)

Aloha Shifters - Juwelen des Herzens

Der Ruf des Drachen (Buch 1)

Der Ruf des Wolfes (Buch 2)

Der Ruf des Bären (Buch 3)

Der Ruf des Tigers (Buch 4)

Die Verlockung des Drachen (Buch 5)

Der Ruf des Fuchses (Buch 6)

Aloha Shifters - Perlen des Verlangens

Drachenrebell (Buch 1)

Bärenrebell (Buch 2)

Löwenrebell (Buch 3)

Wolfsrebell (Buch 4)

Rebellenherz (Buch 5)

Alpharebell (Buch 6)

Töchter des Feuers - Billionaires & Bodyguards

Töchter des Feuers: Paris (Buch 1)

Töchter des Feuers: London (Buch 2)

Töchter des Feuers: Rom (Buch 3)

Töchter des Feuers: Portugal (Buch 4)

Töchter des Feuers: Irland (Buch 5)

Töchter des Feuers: Schottland (Buch 6)

Töchter des Feuers: Venedig (Buch 7)

Töchter des Feuers: Griechenland (Buch 8)

Töchter des Feuers: Schweiz (Buch 9)

Die Wölfe der Twin Moon Ranch

Verlockung des Jägers (Buch 1)

Verlockung des Wolfes (Buch 2)

Verlockung des Mondes (Buch $2\frac{1}{2}$ – Vier Kurzgeschichten)

Verlockung des Alphas (Buch 3)

Verlockung der Wölfin (Buch 4)

Verlockung des Herzens (Buch 5)

Weihnachtsverlockung (Buch 6)

Verlockung der Rose (Buch 7)

Verlockung des Rebellen (Buch 8)

Verlockende Begierde (Buch 9)

Karibische Abenteuerromantik

Funken der Lust

Prickelndes Wagnis

Süße Verstrickung

Verlockende Tiefe

Sinnliche Strömung

Travel Romance

Im englischen Original bei Amazon erhältlich.

Veiled Fantasies

Island Fantasies

www.annalowe.de

Über Anna Lowe

USA Today und Amazon Bestseller Autorin Anna Lowe schreibt fesselnde Romane mit tatkräftigen Heldinnen und unwiderstehlichen Helden in exotischen Umgebung, mit jeder Menge Zündstoff für scharfe Romantik.

Sie liebt Hunde, Sport und Reisen, die auch die Inspiration für Ihre Bücher liefern. Wenn Anna nicht gerade in die Arbeit an ihrem nächsten Buch vertieft ist, kannst Du Sie am Wochenende beim Wandern in den Bergen antreffen. Egal wo und wie – sie wird den Tag mit einem leckeren Stück Zartbitterschokolade ausklingen lassen.

Einfach mal vorbeischauen, auf **www.annalowe.de**.

www.ingramcontent.com/pod-product-compliance
Lightning Source LLC
Chambersburg PA
CBHW031027190726
48286CB00003BA/1051